Titolo originale: Yankee in the Wind

Edizione a caratteri grandi

Revisionato da kikiM

Illustrazione di copertina: Leah Kaye Suttle

Altri libri di Tina

Vampiri Scanguards

Desiderio Mortale (Storia breve #½)

La Graziosa Mortale di Samson (#1)

L'Indomita di Amaury (#2)

L'Anima Gemella di Gabriel (#3)

Il Rifugio di Yvette (#4)

La Salvezza di Zane (#5)

L'Amore Infinito di Quinn (#6)

La Fame di Oliver (#7)

La Scelta di Thomas (#8)

Morso Silenzioso (#8 ½)

L'Identità di Cain (#9)

Il Ritorno di Luther (#10)

La Missione di Blake (#11)

Riunione Fatidica (#11 ½)

Il Desiderio di John (#12)

La Tempesta di Ryder (#13)

La Conquista di Damian (#14)

La Sfida di Grayson (#15)

L'Amore Proibito di Isabelle (#16)

La Passione di Cooper (#17)

Il Coraggio di Vanessa (#18)

Guardiani Furtivi

Amante Smascherato (#1)

Maestro Liberato (#2)

Guerriero Svelato (#3)

Guardiano Ribelle (#4)

Immortale Disfatto (#5)

Protettore Ineguagliato (#6)

Demone Scatenato (#7)

Vampiri di Venezia

Vampiri di Venezia – Novella Uno (#1)

Tresca Finale (#2)

Tesoro Peccaminoso (#3)

Pericolo Sensuale (#4)

Fuori dall'Olimpo

Un Tocco Greco (#1)

Un Profumo Greco (#2)

Un Sapore Greco (#3)

Un Silenzio Greco (#4)

Il Club di Scapoli

L'Escort Legittima (#1)

L'Amante Legittima (#2)

La Moglie Legittima (#3)

Una Notte di Follia (#4)

Un Lungo Abbraccio (#5)

Un Tocco Ardente (#6)

Nome in Codice Stargate

Ace in Fuga (#1)

Fox allo Scoperto (#2)

Yankee al Vento (#3)

Tiger in Agguato (#4)

Hawk a Caccia (#5)

Time Quest

Ribaltare il Destino (#1)

L'Araldo del Destino (#2)

Thriller

Testimone Oculare

Yankee al Vento

Nome in Codice Stargate

Libro 3

Tina Folsom

1

Lilly Davis sospirò pesantemente e ricacciò indietro una lacrima. Non aveva idea della rapidità con cui lo zio Will si era deteriorato negli ultimi due mesi, dopo la morte del suo unico figlio, Thomas Reed, all'età di trentasette anni. Lei era stata all'estero per un tour con *Medici senza Frontiere* in Africa Centrale, quando aveva saputo della morte del cugino e non era riuscita a tornare per aiutare lo zio a superare la perdita. Un'epidemia locale di Ebola aveva costretto l'intera squadra di medici e infermieri a rimanere in quarantena in una zona remota del Congo. A nessuno era stato permesso di volare, rendendo impossibile per Lilly partecipare al funerale di Thomas. Tuttavia, aveva versato molte lacrime.

Thomas non era solo suo cugino, ma anche il suo amico d'infanzia. E anche da adulti erano rimasti molto legati, nonostante si vedessero sempre meno. Thomas si era arruolato nell'esercito e aveva partecipato a missioni pericolose in tutto il mondo, mentre Lilly aveva seguito una rigorosa formazione medica nei migliori ospedali e laboratori del paese, prima di specializzarsi in malattie infettive e trovare lavoro in un laboratorio all'avanguardia a Bethesda, a meno di dieci miglia da Washington D.C. Il suo dipartimento aveva chiesto dei volontari per accompagnare *Medici senza Frontiere* in Congo, per assisterli nei test per la ricerca di virus latenti in quella regione.

Lilly non aveva parlato con Thomas nei due mesi precedenti la sua morte, il che non era insolito. Negli ultimi tre anni era sempre stato Thomas a chiamarla, ogni volta da un numero diverso. Quando gli aveva chiesto dove si trovasse, lui le aveva risposto che non poteva darle quell'informazione. Sospettava che le sue missioni fossero top secret e non aveva insistito. Ma conosceva Thomas abbastanza bene da capire che era stressato e che qualsiasi cosa stesse facendo gli stava costando molto. Più di una volta gli aveva detto che aveva servito il suo Paese abbastanza a lungo e che forse era arrivato il momento di tornare a casa e trovare un lavoro meno stressante.

«Presto», aveva promesso Thomas.

Ma non era mai successo. E ora Lilly si trovava nella casa dello zio Will nella periferia di Washington D.C., circondata da scatole con oggetti per la casa pronti da donare in beneficenza.

«Sembra triste, signorina Davis», disse Deja Lashae, dietro di lei.

Lilly si girò. Deja Lashae, una donna di colore sulla quarantina, la guardò. Era stata l'assistente sanitaria a domicilio di suo zio nell'ultimo anno, fino a quando non era diventato chiaro che William Reed doveva andare in una casa di cura per malati di

Alzheimer e ricevere le cure di cui aveva bisogno. Deja era alta e sembrava in forma e forte. Sapendo che la gestione di pazienti anziani comportava un notevole sollevamento di pesi, Lilly si rese conto che per essere un'infermiera di assistenza sanitaria a domicilio per un uomo anziano, la cui salute stava cedendo e che poteva essere testardo, era necessaria una persona fisicamente forte.

Lilly sospirò. «Ho passato molte ore felici in questa casa, facendo visita allo zio Will e a Thomas. Non posso credere che Thomas se ne sia andato... e lo zio Will... è triste vederlo così...». Lei e William Reed erano ormai gli unici rimasti della famiglia Reed. Sua madre, la sorella di Will, era morta qualche anno prima di cancro e suo padre era tornato in Canada, suo luogo d'origine, dopo il divorzio avvenuto quasi vent'anni prima. Il fratello maggiore di Will era morto in un incidente stradale.

«È quello che la demenza fa alle persone», disse Deja, con un sorriso comprensivo. «Si perdono i propri cari, anche se il loro corpo è ancora qui».

«È vero, Deja. Sarei dovuta tornare prima. Forse avrei potuto passare un po' di tempo con lui quando aveva ancora dei momenti di lucidità».

«Non si senta in colpa. Nessuno poteva immaginare quanto velocemente la malattia avrebbe devastato il suo cervello, dopo la morte del figlio. È sembrato quasi si sia semplicemente arreso, dopo quello».

«Lei era con lui, quando ha ricevuto la notizia della morte di Thomas?»

«Sì, c'ero. Suo zio l'ha presa male. Sembrava che tutta la vita avesse lasciato il suo corpo proprio in quel momento». Deja emise un sospiro. «E quando le ceneri di Thomas sono arrivate qualche giorno dopo... oh, è stato terribile».

«Le sue ceneri?» Lilly disse, con un sussulto. «È stato cremato?»

«Oh sì», confermò Deja. «Anche io vorrei essere cremata. Molte persone lo fanno, al giorno d'oggi. È anche più economico. Non c'è una bara, non c'è una grande tomba da mantenere e...»

«Ma Thomas non voleva essere cremato. Lo so. E anche lo zio Will. Lo so da quando eravamo bambini. Da quando sua madre è morta in un incendio scoppiato in un ristorante, era inorridito all'idea di essere cremato». Lilly scosse la testa. «Era nel suo testamento biologico. Thomas ha fatto promettere a tutti noi. L'ha fatto promettere anche a me». Solo che Lilly non era nemmeno nel Paese, quando Thomas era morto.

Deja le rivolse uno sguardo preoccupato. «Mi dispiace, signorina Davis, non ne so nulla. E suo zio non era in condizioni di prendere alcuna decisione. Inoltre, da quello che gli è stato detto quando ha ricevuto la notizia della morte di Thomas, ho avuto l'impressione che non avesse scelta su cosa fare dei resti di Thomas».

Lilly aggrottò la fronte. «Cosa vuol dire?»

Lei alzò le spalle. «Qualcosa a proposito di una malattia infettiva e che era nell'interesse della salute pubblica?»

«Ma non ha senso. Hanno detto di cosa è morto?».

Deja sollevò le mani in un gesto di impotenza. «È tutto quello che sono riuscita a sapere da suo zio».

«Pensavo che fosse lì con lui, quando ha ricevuto la notizia della morte di Thomas».

«Oh, sì, lo ero, ma suo zio ha chiamato qualcuno, dopo l'arrivo delle ceneri di Thomas. Ma non sono sicuro di cosa gli abbiano detto. Ha detto che c'era un rischio di infezione e che il governo ha fatto quello che doveva fare, ma era arrabbiato».

«Con chi ha parlato?»

«Non lo so». Deja abbassò la voce. «Detto tra noi, non sono nemmeno sicura che suo zio abbia parlato con qualcuno. Anche nei mesi precedenti la morte di suo figlio, se ne usciva con storie di ogni tipo che non avevano molta somiglianza con la realtà. Sa... teorie del complotto».

Questo sorprese Lilly. Suo zio non era mai stato uno che credesse ai complotti. Era un uomo di logica, di scienza, di fatti. Da giovane era stato un matematico in un'università. In seguito, aveva intrapreso la carriera di analista del rischio per una grande compagnia di assicurazioni. Chiaramente, suo zio era ben lontano dalla persona che era stata un tempo, anche se l'aveva accolta con gioia, quando era andata a trovarlo al suo rientro dal Congo.

«Quando l'ho visto, la scorsa settimana, mi è sembrato molto lucido».

«È questo il problema della demenza», le spiegò Deja. «Un attimo prima le persone sembrano stare benissimo e un attimo dopo non ti riconoscono nemmeno. È una malattia crudele».

«Lo è», disse Lilly. Poi fece cenno alle scatole. «È meglio che continui, così posso mettere la casa in vendita. Grazie per il suo aiuto, Deja».

«Ci mancherebbe».

Lilly si girò per continuare con la stanza successiva, la vecchia camera da letto di Thomas, mentre Deja tornò in cucina, dove stava pulendo gli armadietti.

La camera da letto di Thomas non era cambiata molto, anche se non ci viveva da oltre quindici anni. Non c'era la moquette, ma solo il vecchio pavimento di legno consumato che scricchiolava in molti punti. Il letto singolo in cui aveva dormito da adolescente era ancora appoggiato a una parete, mentre la vecchia scrivania di legno, dove era solito fare i compiti, si trovava su quella opposta. C'era una grande libreria con volumi che spaziavano dai libri di algebra alla filosofia zen. Le pareti erano adornate da poster di Bob Marley e Santana. Già quando Lilly e Thomas erano adolescenti, i loro gusti musicali erano considerati retrò.

Per un attimo Lilly rimase lì, lasciando che i vecchi ricordi della loro infanzia insieme la riportassero a un tempo in cui tutto era più semplice. Thomas era stato un bambino un po' strano, in un certo senso. Troppo serio, troppo saggio per la sua età, un'anima antica. Ma in un certo senso, Lilly gli assomigliava molto, quasi come se fossero stati fratelli gemelli e non cugini. Quando erano dodicenni avevano persino sviluppato un loro codice segreto per inviarsi messaggi con password segrete. Era stato un gioco, tra loro. Un gioco da nerd.

Lilly si scosse dai suoi ricordi. Aveva del lavoro da fare. L'agente immobiliare con cui aveva parlato della vendita della casa dello zio Will le aveva detto che voleva che la casa fosse ridipinta e allestita per la settimana successiva, ma che era responsabilità di Lilly sgomberare tutti gli effetti personali. Un ente di beneficenza sarebbe passato il giorno successivo per ritirare i mobili.

Lilly passò in rassegna i libri, gettandone la maggior parte in una delle scatole. Non ce n'era nessuno che volesse tenere, nessuno che significasse qualcosa, per lei. Nell'armadio c'erano ancora alcuni vestiti di Thomas, quelli che indossava ogni volta che andava a trovare suo padre. I pantaloni e le camicie erano fuori moda e usurati. Thomas non si era mai preoccupato molto di ciò che indossava. Probabilmente il fatto di aver trascorso la maggior parte della sua vita adulta in uniforme aveva avuto a che fare con questo.

Gettò i suoi vestiti in un'altra grande

scatola, poi tolse le vecchie scarpe e gli stivali che giacevano sul pavimento dell'armadio. Stava per spegnere la luce dell'armadio, quando qualcosa sul pavimento attirò la sua attenzione. Si accovacciò per osservarlo meglio. Lì, nell'angolo in cui si trovavano i suoi vecchi stivali, c'era qualcosa intagliato nel legno. All'inizio non riuscì a capire di cosa si trattasse, ma poi, facendosi luce con la torcia del cellulare, lo riconobbe. I pochi graffi, che probabilmente erano stati fatti con un coltellino svizzero, dovevano mostrare il disegno di un fiore, un giglio.

Lilly si sedette sui talloni. Sapeva senza dubbio che era stato Thomas a incidere il fiore in quel punto. Ma quando? Se l'avesse fatto quando erano ancora bambini, glielo avrebbe mostrato. Con delicatezza, picchiettò sull'asse del pavimento con l'incisione e poi su quello accanto. I suoni erano diversi. Lo spazio sotto il fiore sembrava vuoto.

Tirò fuori le chiavi dalla tasca dei jeans e ne infilò una tra due assi del pavimento.

L'asse con il fiore si sollevò facilmente, rivelando un piccolo nascondiglio, non più grande di un libro tascabile. All'interno c'erano solo alcuni piccoli oggetti. Si avvicinò e li tirò fuori.

Il primo oggetto era un tesserino identificativo plastificato con il nome e la foto di Thomas, il che di per sé non era sorprendente, se non fosse stato per l'organizzazione che l'aveva rilasciata: la Central Intelligence Agency. Il suo cuore si fermò per un attimo. Thomas era stato un agente della CIA? Era per questo che non le aveva mai detto dove era stato inviato? In realtà, era mai stato nell'esercito o aveva mentito alla sua famiglia dicendo di essere un militare, mentre in realtà era un agente della CIA?

Lilly mise da parte il tesserino identificativo, poi guardò gli altri due oggetti. Uno era una chiavetta USB, l'altro un blocco note nero a spirale, più piccolo di un cellulare. Lo aprì e si rese conto che la maggior parte delle pagine era stata strappata. Erano rimaste solo alcune pagine.

Ma erano vuote. Perché Thomas avrebbe dovuto nascondere un blocco note vuoto? Per vedere meglio, fece brillare la luce del suo cellulare e notò che sul primo foglio c'erano dei solchi. Con il cuore che batteva come un martello pneumatico, Lilly saltò in piedi e si diresse verso la scrivania, dove trovò una matita. Posizionando il blocco note sulla scrivania, passò la matita sulla carta per rivelare la scritta che aveva lasciato le tacche.

Henry Sheppard, CIA, 202-555-8978

Ma la mina della matita aveva rivelato anche qualcos'altro: una linea orizzontale che attraversava il nome e il numero di telefono. Aveva il cuore in gola. Era un messaggio per lei? Doveva contattare Henry Sheppard? O Thomas aveva cancellato il nome e il numero perché aveva cambiato idea?

Più Lilly ci pensava e meno capiva. Thomas voleva o no farle avere questo messaggio? Rimase lì per diversi minuti a riflettere sul da farsi. Ma sapendo che i resti di Thomas erano stati cremati senza il consenso della sua famiglia, sapeva di dover fare questa telefonata. Forse Henry Sheppard poteva far luce su ciò che era successo a Thomas.

Compose il numero e la chiamata andò direttamente alla segreteria telefonica.

«Avete chiamato Henry Sheppard. Lasciate un messaggio».

«Sono Lilly Davis, la cugina di Thomas Reed. Ho bisogno di parlarle della sua morte. La prego di chiamarmi al numero 202-555-6523.»

Disconnesse la chiamata e sentì un rumore dalla porta della stanza. Girò la testa e vide Deja Lashae in piedi sullo stipite della porta.

«Sì?» Chiese Lilly.

«Ho sentito la sua voce e ho pensato che mi avesse chiamato. Non mi ero accorta che era al telefono». Lo sguardo di Deja si spostò oltre lei, verso l'armadio. «Vedo che sta facendo buoni progressi. I mobili della cucina sono tutti vuoti, ora».

Lilly annuì, distratta. «Sì, ho quasi finito, qui. Grazie».

2

Jack Porter guardò di nuovo il cellulare per verificare di non aver commesso un errore, ma l'indirizzo era corretto. Si trovava di fronte a una grande villa nella periferia di Washington D.C. La casa era circondata da un alto muro su tre lati e da una recinzione in ferro battuto sul lato che dava sulla strada. Una vegetazione rigogliosa punteggiava l'ampio cortile. Diede un'occhiata al cartello affisso al cancello.

Centro di riabilitazione Sober Living diceva. *Non disturbare.* Sotto c'era un sistema di citofoni.

Jack toccò istintivamente la pistola che portava nella fondina sotto la giacca. Se si fosse trattato di una trappola, avrebbe dovuto essere preparato. Premette il pulsante e il citofono emise un rumore graffiante.

«Chi è venuto a trovare?» La voce era quella di una donna.

«F...» Si fermò appena in tempo. Il messaggio di venire a questo indirizzo era presumibilmente arrivato da Fox, ma non aveva intenzione di rivelare il nome in codice del suo ex agente Stargate. Invece, disse: «Nick Young».

«E il suo nome è?»

«Jack Porter».

Anche se Fox lo conosceva con il suo nome in codice, Yankee. Si erano conosciuti solo una settimana prima, quando Fox aveva contattato altri agenti Stargate attraverso il Dark Web. Jack si era messo in contatto con lui, sospettando inizialmente che la persona che dava la caccia agli ex agenti Stargate potesse aver teso una trappola. Ma era diventato subito evidente che Fox era un vero e proprio precognitivo, come Jack.

Un ronzio indicò che il cancello si stava sbloccando. Jack lo aprì e fece un passo nel generoso cortile anteriore. Si diresse verso la porta d'ingresso in legno con il piccolo portico destinato a proteggere i visitatori dalla pioggia o dalla neve, nei mesi invernali e dal sole in estate.

Senza girare la testa, Jack scrutò l'area alla sua destra e alla sua sinistra, pronto a reagire, se si fosse trattato di un'imboscata. Ma nessuno si avvicinò a lui da nessun lato. Al contrario, la porta si aprì e una bella donna sulla trentina lo accolse.

«La stavamo aspettando, signor Porter», disse gentilmente e lo accompagnò all'interno.

Entrò nell'ampio ingresso e diede un'occhiata alla donna. Era vestita in modo casual, ma non era sicuro che fosse disarmata o meno. Non riuscì a vedere alcuna arma, ma forse l'aveva nascosta abilmente sotto la pancia, che la faceva sembrare incinta.

Lei gli sorrise e gli indicò le due poltrone nell'atrio. «Le chiamo Nick. Si accomodi pure».

«Grazie», disse, altrettanto gentilmente. «Ma preferirei restare in piedi, se non le dispiace».

Uscì dall'ingresso attraverso una porta a destra. Quando se ne andò, Jack si guardò intorno. C'era una scrivania con un telefono vecchio stile e alcune cartelle che riportavano le etichette colorate utilizzate da uno studio medico per le cartelle dei pazienti. Jack si avvicinò. Aprì una delle cartelle. Conteneva solo fogli bianchi. Oggetti di scena. Questo confermava che non si trattava di una struttura di riabilitazione per alcolisti o tossicodipendenti. Era una copertura per qualcos'altro.

Jack avvertì un formicolio alla nuca e istintivamente la mano andò alla sua arma.

«Non lo farei, se fossi in te».

Jack si girò verso la voce maschile che gli aveva parlato. Non si trattava di Nick Young. Non aveva mai conosciuto l'uomo che gli puntava contro una pistola, ma sapeva chi era, o meglio *cosa fosse*. Il formicolio che la sua presenza aveva provocato lo identificava come un precognitivo. Ma questo non significava che Jack potesse fidarsi di lui. Dopotutto, sospettava che fosse stato un precognitivo a tradire il programma top-secret della CIA di cui faceva parte. Tuttavia, per qualche motivo, c'era qualcosa di familiare, in quell'uomo.

«Dov'è Nick? Cosa ne hai fatto di lui?» Chiese Jack, guardandolo con sospetto.

«Sono qui».

Jack si girò verso le scale e vide Nicholas 'Fox' Young scendere dal secondo piano. Anche lui teneva una pistola in mano.

«Cosa sta succedendo, qui?» Chiese Jack, indicando lo sconosciuto. «Chi cazzo è questo qui?»

«Potrei chiederti la stessa cosa», rispose Fox.

«Tu sai chi sono! Per l'amor del cielo, ti ho aiutato a entrare a Langley solo una settimana fa».

«Sì, e forse avevi un motivo per aiutarmi, ma di sicuro non sei Yankee». Fox raggiunse il primo piano e ora era in piedi accanto all'altro uomo.

Jack guardò lo sconosciuto con attenzione. Si erano già incontrati?

«Ti ho detto che sono Yankee, ed è la verità. Facevo parte di Stargate, proprio come te». Si girò con il mento verso lo sconosciuto. «E presumo che lo sia anche tu. Sei un precognitivo, proprio come me. Lo percepisco».

Lo sconosciuto annuì. «Su questo hai ragione. Ma questo non significa che tu sia un amico. O che tu sia chi dici di essere. Non assomigli affatto a Yankee».

All'improvviso scattò la molla. «La lista». Guardò Fox. «Hai guardato la mia foto sulla lista che hai rubato alla CIA».

Fox fece un rapido cenno di assenso. «Sì, ed è emerso che non corrispondi alla foto di Yankee. Certo, hai la sua taglia, il colore dei capelli, degli occhi, le solite cose, e sei un precognitivo, ma non sei lui».

«C'è un motivo per cui non assomiglio alla foto che Henry Sheppard aveva di me».

«Certo che c'è», disse lo sconosciuto, con sarcasmo.

«Mi sono sottoposto a un intervento di chirurgia plastica per...».

«Non c'è da stupirsi che tu sia un bel ragazzo», lo interruppe lo sconosciuto, il cui tono rivelava che non credeva a una sola parola. «Perché non ci abbiamo pensato?»

«È vero. Vuoi vedere le cicatrici dell'intervento?»

Fox e lo sconosciuto si scambiarono un'occhiata. «Non proverebbe nulla».

«Scott», disse Fox all'uomo accanto a lui, «che ne dici di sottoporre il suo volto al programma di misurazione cranio-facciale?»

«Scott?» Jack ripeté, fissando l'uomo accanto a Fox. «Non è che per caso sei Scott Thompson?»

Scott sollevò il mento. «Cosa te ne importa?»

«Mi sembrava che la tua faccia fosse familiare. Scott Thompson, cazzo! Credo di doverti un pestaggio per avermi fatto perdere il primo posto nel test di sopravvivenza campestre, all'accademia».

«E come avrei potuto farlo?».

«Ho riempito la mia attrezzatura di acqua zuccherata e un gruppo di api mi ha inseguito. Ho avuto nove punture di api. Hai idea di quanto prurito diano, le punture delle api?» Jack ringhiò.

Improvvisamente Scott sorrise, poi guardò Fox, mentre rimetteva la pistola nella fondina. «È lui. Jack era uno stronzo totalmente competitivo. Aveva bisogno di essere ridimensionato».

Jack si avvicinò ai due ex agenti della CIA. Senza preavviso, piazzò un gancio destro sotto il mento di Scott. «E tu hai sempre pensato di essere migliore di tutti noi».

Scott si sfregò il mento, ma non rispose. «Mi sembra giusto. Non è stato esattamente il mio momento migliore».

«Direi che siamo pari», disse Jack e gli porse la mano in segno di saluto. «Mi fa piacere vedere che sei sopravvissuto».

Scott gli strinse la mano. «Il nome in codice è Ace. Sono contento che sia vivo anche tu. Abbiamo bisogno di qualcuno con la tua vena competitiva».

«Ora che le presentazioni sono finite, cosa ci faccio in un centro di riabilitazione?» Chiese Jack.

«Questa era la vecchia casa di Henry Sheppard. Lascia che ti faccia fare un giro», disse Ace e mise una mano sulla spalla di Jack.

3

Ace e Fox condussero Jack attraverso la casa, il cui piano terra era composto da vari uffici e sale riunioni, magazzini e una grande cucina e sala da pranzo.

«Hai comprato la casa di Sheppard?» Chiese Jack.

«Comprare?» Ace disse, scuotendo la testa. «L'ho ereditata. Sono cresciuto qui».

Per un momento, Jack lasciò assorbire la notizia. «Quindi le voci erano vere. Eri tu il bambino adottato da Sheppard».

«Sì». C'erano orgoglio e dolore, nella sua voce.

Ace non aveva perso solo il suo mentore, ma anche suo padre.

«Allora c'è una cosa che non capisco. Come puoi vivere qui, a pochi passi da chi ha tradito il programma Stargate e ucciso tuo padre? Come fai a essere ancora vivo?».

«Con un po' di confusione legale», disse Ace. «Non ho potuto reclamare la mia eredità, dopo che è stato ucciso. Sono sicuro che stavano aspettando che tornassi qui per uccidermi. Sono rimasto lontano per tre anni. Prima di tornare qui, ho creato diverse società di comodo, tutte in paesi stranieri, e vendetti la proprietà a una di esse, poi feci in modo che quella società la vendesse alla successiva e così via, fino a quando fu impossibile per chiunque seguire le tracce della proprietà».

«Quindi è ancora di tua proprietà, solo che non è a tuo nome», disse Jack. «Allora perché la facciata di riabilitazione?».

«Volevo assicurarmi che nessuno dei vicini si insospettisse per l'andirivieni di persone, qui. Per quanto ne sanno i vicini, questa è una struttura molto esclusiva e si pensa che le persone che entrano in casa a ore strane siano celebrità che vogliono proteggere la loro privacy».

Fox intervenne. «Sono qui solo da pochi giorni, ma sono impressionato dalla configurazione. E funziona meglio di quanto pensassi quando Ace me ne aveva parlato per la prima volta».

«Quando è successo, tutto questo?» chiese Jack rivolgendosi a Fox. «Una settimana fa non avevi nessuno, a parte me, che ti aiutasse a entrare a Langley. Perché Ace non ci ha aiutato?»

«L'avrei fatto, se avessi saputo che idea strampalata vi era venuta in mente. Irrompere a Langley!» Ace scosse la testa.

Jack fece un cenno con il pollice verso Fox. «Non è stata una mia idea. Questo buffone qui ha pensato che fosse un'ottima idea».

«Ehi, ha funzionato», disse Fox, con un sorriso.

«Poteva benissimo andare nella direzione opposta», disse Jack.

«Beh, per fortuna non è andata così»,

disse Ace. «Perché non solo sono riuscito a rintracciare Fox, ma ora abbiamo anche un elenco degli ex agenti della CIA coinvolti nel programma Stargate».

Ace aprì la porta di un'altra stanza e fece entrare tutti. Jack entrò nella grande sala computer che sembrava essere il centro nevralgico dell'edificio. Non c'erano finestre e le pareti avevano una strana tonalità di grigio scuro, ma la stanza non era buia. Molte luci brillanti illuminavano lo spazio.

Jack doveva essersi fermato a fissare le pareti, perché Fox disse: «È una vernice speciale. Protegge la stanza e le sue attrezzature dalle intercettazioni».

«Ehi, ragazzi».

Jack si girò e vide la donna che lo aveva fatto entrare in casa spuntare da sotto una delle console del computer, con alcuni cavi in mano.

«Quindi, immagino che questo significhi che il nuovo ragazzo è a posto», disse.

«Jack, ti presento Phoebe. È la mia fidanzata», disse Ace.

Jack sollevò un sopracciglio. Non si

aspettava che il suo collega precognitiva avesse una vita privata. «Piacere di conoscerti, Phoebe». Involontariamente, il suo sguardo si spostò di nuovo sulla pancia. Sì, era sicuramente incinta, anche se non aveva idea di quanto fosse avanti nella gravidanza.

«Ora puoi smettere di fissare, Jack», disse Ace accanto a lui.

Jack sollevò le mani in segno di resa. «Scusa se ti ho fissato, è solo che... ehm... sono sorpreso».

Phoebe ridacchiò. «Sì, siamo in due. E se non troviamo le persone che stanno dando la caccia agli agenti di Stargate entro i prossimi quattro mesi, dovrò dare alla luce questo bambino fuori dal matrimonio».

Jack lanciò un'occhiata ad Ace, ma non disse nulla.

Ace sostenne il suo sguardo. «Non possiamo sposarci, mentre delle persone ci danno la caccia. È troppo rischioso. Se qualcuno trovasse la licenza di matrimonio, avrebbe un modo per rintracciarci».

«Ha senso», disse Jack, anche se tenne

la bocca chiusa per non dire quello che pensava davvero: che era sciocco avere una relazione seria e mettere al mondo un figlio, mentre si era braccati dalle persone che avevano ucciso Henry Sheppard e messo in fuga i suoi agenti.

Ma sapeva che anche Fox aveva una relazione. E per giunta una relazione seria. Jack aveva conosciuto Michelle solo una settimana prima. «C'è anche Michelle?»

Fox annuì. «Sì. Dov'è, Phoebe?».

«Da qualche parte in soffitta. Si tratta di una linea che deve passare per bypassare qualsiasi cosa... in modo che i server funzionino più velocemente», rispose Phoebe. «Sai che non parlo la lingua della tecnologia».

«Qualcuno mi sta cercando?»

Jack riconobbe subito la voce di Michelle. Si guardò alle spalle e la vide entrare nella stanza. I suoi vestiti scuri erano impolverati e aveva una ragnatela tra i capelli.

«Oh, ehi, Yankee, ce l'hai fatta», disse, mentre Fox le toglieva la ragnatela dai capelli. «La soffitta è così polverosa! Spero che questa sia l'ultima volta che devo salire lassù».

«L'avrei fatto io, se me l'avessi detto», disse Fox.

«No, non è un problema. Avevi altre cose da fare». Guardò Jack. «Qualcuno ha fame?»

Molti risposero in modo affermativo.

«Ok, io e Phoebe prepareremo qualcosa in cucina e vi lasceremo fare», disse Michelle.

«Grazie, tesoro», disse Fox.

Quando le due donne uscirono dalla stanza e chiusero la porta alle loro spalle, Jack inclinò il mento verso Ace e Fox. «Quindi vivete tutti qui? Come in una comune?»

«Decisamente no», disse Fox.

«Qui viviamo solo io e Phoebe», rispose Ace. «Al secondo piano. Ma ci sono diverse stanze per gli ospiti, nel caso in cui Fox e Michelle non possano tornare a casa per qualsiasi motivo. Se hai bisogno di un posto dove dormire, puoi stare qui».

Jack scosse la testa. «Non voglio essere d'ostacolo. Ho un posto sicuro, a Washington. Non è lussuoso come qui, ma è sicuro».

Ace indicò una grande scrivania e si sedettero intorno ad essa. «Bene, allora cerchiamo di capire cosa fare adesso».

Nel frattempo, Fox avvicinò un portatile e si collegò. Pochi istanti dopo, aveva estratto un documento e lo aveva inviato a uno schermo più grande sulla parete.

Ace lo indicò. «Questa è la lista che Fox è riuscito a prendere dai server di Langley. Sono i dati di trentadue agenti Stargate. Possiamo toglierne diversi dalla lista: noi tre, Zulu ed Echo».

«Sì, Echo è morto», disse Jack, con rammarico.

Fox annuì. «Sì, hai detto che era diventato cattivo? Ho informato Ace di quello che mi hai detto la settimana scorsa. E che ti ha dato le credenziali per il login fantasma di Sheppard, che mi ha permesso di rubare questa lista».

«Purtroppo, è tutto quello che ho su di lui. Come è morto Zulu?» Chiese Jack.

«Zulu è vivo», disse Ace. «Si è offerto volontario per andare sulla costa occidentale a cercare alcuni degli uomini di questa lista. Siamo in contatto e ci manda regolarmente aggiornamenti su ciò che trova. Ha delle piste su tre agenti che potrebbero nascondersi da qualche parte in California e Oregon: Delta, Polo e Whiskey».

Jack guardò il grande schermo. Ogni nome aveva un punto colorato accanto. «Rosso per i morti? Verde per quelli di cui hai la posizione?».

Fox annuì. «Sì. Blu per quelli su cui Zulu ha delle piste».

«Supponendo che Zulu trovi i tre su cui ha delle piste, ne restano ventiquattro, da trovare», disse Jack. «Proviamo a guardarli. Forse ne riconosco qualcuno».

Ace si schiarì la gola. «Sì, temo che mio padre abbia commesso un errore, quando ha deciso che gli agenti dello Stargate non dovessero conoscersi. Ma questo non significa che tutti loro ci siano estranei. Tutti noi abbiamo dovuto seguire un regolare addestramento della CIA». Indicò Jack. «Così come io e te eravamo a Camp Peary nello stesso periodo, anche altri lo erano».

Fox annuì entusiasta e scorse l'elenco. «Io e Ace abbiamo già esaminato la lista diverse volte. I ragazzi che abbiamo riconosciuto dalla Fattoria o da altri luoghi sono segnati in giallo. Sarà più facile trovarli, perché li conosciamo, sappiamo le loro abitudini e, in alcuni casi, anche le loro origini e le loro famiglie».

«Ne restano ancora un bel po'», disse Jack. Indicò la parte superiore della lista. «Mostrameli singolarmente, con foto e nomi».

Lentamente, Fox fece scorrere l'elenco. Accanto a ogni foto c'era il vero nome e il nome in codice dell'agente, oltre a tutte le abilità speciali. Jack guardò ogni foto, assimilando ogni nome e cercando di rievocare i ricordi che aveva di quella persona.

«Il prossimo», disse, e ogni minuto o due lo ripeté.

«Non ne sono rimasti molti», disse Ace, con la delusione evidente nella voce.

Non poteva biasimarlo. Cercare qualcuno di cui non si sapeva nulla e che non voleva essere trovato era peggio che cercare un ago in un pagliaio. Era cercare una pagliuzza in un pagliaio.

Jack guardò la foto successiva e il nome accanto.

Nome in codice: Fiume

Nome: Thomas Reed

Si alzò di scatto e indicò lo schermo. «Quello è Thomas Reed. Eravamo nell'esercito insieme, prima che io entrassi nella CIA. Non sapevo che Sheppard avesse reclutato anche lui».

«Lo conoscevi, ma non sapevi che aveva il tuo stesso dono?» Chiese Ace.

«Ho sempre avvertito la sensazione di formicolio sulla nuca quando eravamo insieme nell'esercito, ma allora non sapevo cosa significasse. Io e Thomas non abbiamo mai parlato delle nostre premonizioni. Credo che nessuno dei due volesse dare l'impressione di essere strano o pazzo. Ma questo spiega perché è stato in grado di mettersi al riparo dalla linea di fuoco così tante volte quando combattevamo contro gli insorti all'estero. L'ha sempre definito un sesto senso». Fece un respiro. «So come trovarlo».

4

Con indosso un camice bianco, Lilly sedeva dietro la scrivania nel suo piccolo ufficio separato dal laboratorio che dirigeva alla Delta Labs. Aveva quattro assistenti di ricerca che lavoravano per lei e che l'aiutavano nel suo attuale progetto, che consisteva nel sintetizzare un componente antivirale per un nuovo ceppo del virus Kunjin che causava l'encefalite. Stava esaminando i dati sul suo computer, cercando di capire perché la proteina del componente non fosse abbastanza stabile da durare più di ventiquattro ore, quando squillò il cellulare.

Diede un'occhiata al display. C'era scritto «*Chiamante sconosciuto*». Rispose. «Pronto?»

«Signorina Davis? Signorina Lilly Davis?» Chiese l'uomo all'altro capo del filo.

«Sì, sono io».

Se si fosse trattato di una telefonata di vendita, sarebbe stata pronta a interrompere la telefonata in un istante.

«Sono Henry Sheppard. Mi ha lasciato un messaggio vocale».

Immediatamente, Lilly si concentrò completamente sulla chiamata, dimenticando il suo lavoro di laboratorio. «Signor Sheppard, grazie per avermi richiamato. Volevo parlarle di mio cugino, Thomas Reed. Ho saputo che lavorava per lei». Almeno questa era la sua ipotesi migliore. Abbassò la voce e aggiunse con un sussurro: «Per la CIA».

Diede un'occhiata al laboratorio, ma nessuno dei suoi assistenti era abbastanza vicino alla porta aperta dell'ufficio per ascoltare la sua conversazione.

«Non posso né confermare né smentire la sua affermazione», disse Sheppard in modo evasivo.

«Ho trovato il suo tesserino identificativo», continuò. «Ho delle domande».

«Che tipo di domande?»

«Come è morto e perché è stato cremato».

«Temo che questa informazione sia riservata, signorina Davis».

«Quindi lavorava per la CIA?»

Sheppard si schiarì la gola. «Non posso darle alcuna informazione su Thomas Reed».

«Perché no?»

«È una questione di sicurezza nazionale».

«Almeno mi dica di cosa è morto. Ho cercato di trovare il suo certificato di morte, ma sembra che non sia mai stato inviato a suo padre. Ho bisogno di vedere il certificato di morte».

«Signorina Davis, le consiglio di lasciar perdere. Suo cugino è morto e non ne uscirà nulla di buono, se lei ficcherà il naso negli affari del governo».

«Non si tratta di affari del governo. Si tratta della mia famiglia. Mio cugino è morto ed è stato cremato contro la sua volontà. Credo che mi sia dovuta una spiegazione».

Ci fu una pausa e Lilly si chiese se Sheppard avesse riattaccato.

«Signor Sheppard?»

«Suo cugino è morto durante un'esercitazione. È stato un tragico incidente».

Aveva bisogno di saperne di più. «Cosa è successo?»

«I dettagli sono riservati. Le ho già detto più di quanto avrei dovuto».

«E il suo certificato di morte? Ce l'ha?»

«Temo che questo non rientri nelle mie competenze. Mi dispiace per la sua perdita, signorina Davis. Le auguro una buona giornata».

Lui interruppe la chiamata prima che lei potesse dire altro.

Frustrata, gettò il cellulare sulla scrivania. «Dannazione!»

Non era soddisfatta delle risposte che Sheppard le aveva dato. Un'esercitazione? Avrebbe potuto significare qualsiasi cosa. Inoltre, non era coerente con ciò che Deja aveva menzionato, ovvero che la causa poteva essere stata una malattia infettiva. In ogni caso, non le diceva come Thomas fosse morto e perché fosse stato cremato. Doveva trovare il certificato di morte. Le avrebbe fornito almeno la causa del decesso e anche il luogo in cui era morto.

Lilly fece una rapida ricerca su Google per trovare le informazioni sull'Ufficio di Stato Civile di Washington. Chiamò il numero per le richieste di documenti. Sentì una registrazione.

«Avete chiamato l'Ufficio di Stato Civile di Washington. Il tempo di attesa è di 45 minuti. Se volete richiedere un documento, visitate il nostro sito web, all'indirizzo *dchealth.dc.gov/vital-records* e compilate il modulo di richiesta, pagando la tariffa applicabile, allegando un vostro documento di identità e una prova di parentela con la persona di cui state richiedendo il documento. Una copia del documento vi sarà inviata entro quattro settimane. Grazie per aver contattato l'Ufficio di Stato Civile di Washington».

Lilly interruppe la chiamata. «Quattro settimane? Mi state prendendo in giro?» Esclamò.

Non avendo scelta, salvò il link al modulo online. Lo avrebbe compilato dopo il lavoro e avrebbe trovato la documentazione di supporto necessaria da caricare. Guardò la cartella che aveva messo insieme. Conteneva tutto ciò che aveva sulla morte di Thomas. La sfogliò ancora una volta, guardando tutto con occhi nuovi. C'era un certificato di cremazione. Lo guardò più da vicino. Era stato rilasciato da un'impresa di pompe funebri chiamata *Peaceful Rest*, non molto distante dal laboratorio.

Lilly guardò l'orologio. Era quasi mezzogiorno. Si tolse il camice e prese la cartella e la borsa. Mentre usciva dal suo ufficio, disse a uno dei suoi tecnici di laboratorio: «Andrew, mi prendo una pausa pranzo lunga».

Andrew alzò lo sguardo dal suo lavoro. «Ci vediamo dopo».

Una volta fuori, attraversò il piccolo parcheggio annesso all'edificio di quattro piani dove si trovava la Delta Labs e si diresse verso il garage. Preferiva parcheggiare nel garage a cinque piani, perché in questo modo la sua auto non diventava una sauna, nei mesi estivi. Lilly saltò in macchina e si diresse verso le pompe funebri. Parcheggiò nell'ampio parcheggio. Non c'era un cimitero annesso all'impresa funebre. Sapeva con certezza che il cimitero dove erano state deposte le ceneri di Thomas aveva una propria impresa di pompe funebri, anche se non aveva ancora visitato la sua tomba. Non ne aveva avuto il tempo, dal suo ritorno. Allora perché Thomas era stato cremato al *Peaceful Rest* e non presso l'impresa di pompe funebri associata al cimitero in cui erano state tumulate le sue ceneri? Perché non fare tutto nello stesso posto?

Lilly entrò nell'edificio vittoriano che ospitava *Peaceful Rest* attraverso la doppia porta che conduceva in un ampio atrio. Alla sua sinistra vide una grande sala dove erano riunite decine di persone vestite con colori scuri. Notò una bara con dei fiori drappeggiati sopra. Dalla stanza proveniva una musica solenne.

Lilly si guardò intorno, quando un uomo in abito scuro le si avvicinò.

«Buon pomeriggio, signora, mi dispiace molto per la sua perdita», disse e le porse la mano. «La prego di accomodarsi all'interno. Inizieremo tra un attimo».

«Ehm, io, ehm, non sono qui per il funerale», disse. «Volevo parlare con qualcuno dell'ufficio».

«Oh, mi sono sbagliato», disse velocemente l'uomo e le indicò un corridoio. «L'ufficio è l'ultima porta a destra».

Lilly fece un cenno di ringraziamento, poi seguì la direzione che le aveva indicato e trovò l'ufficio. Bussò ed entrò. Una giovane donna sedeva dietro una scrivania molto pulita e ordinata, con un abbigliamento sobrio, i capelli legati all'indietro e un trucco discreto.

«Salve», disse Lilly. «Mi chiedevo se potesse aiutarmi».

La donna si alzò dalla sedia e girò intorno alla scrivania. «Certo, signora. Sono Caroline McDermott». Strinse la mano di Lilly. «Prego, si accomodi».

«Grazie, ma è solo una richiesta veloce», disse Lilly. «Mio cugino è stato cremato qui e volevo avere qualche informazione in più».

La signora sollevò un sopracciglio. «Oh? La sua famiglia non è rimasta soddisfatta dei nostri servizi? Se c'è qualcosa che non è andato bene...»

«No, no, non è questo», interruppe Lilly. «Volevo solo scoprire chi ha richiesto la cremazione. Vede, ero fuori dal Paese, quando è morto e mio zio... il padre del defunto, soffre di demenza... quindi...»

«Nessun problema. Come si chiama suo cugino?».

«Thomas Reed».

La signora McDermott si sedette di nuovo dietro la sua scrivania e digitò qualcosa sulla tastiera. Un attimo dopo guardò Lilly. «Mi dispiace, signora, ma non risulta che Thomas Reed sia stato cremato qui. È sicura di avere l'impresa funebre giusta?»

«Ne sono certa». Frugò nella borsetta e tirò fuori il certificato di cremazione. «L'ho trovato tra i documenti di mio zio e conferma che Thomas è stato cremato qui».

«Posso?»

Lilly le consegnò il certificato e la signora McDermott lo guardò.

«Beh, questo è sicuramente il nostro nome, e anche l'indirizzo è corretto, ma», lanciò a Lilly uno sguardo rammaricato, «questa non è nemmeno la nostra carta intestata. Anche la firma è sbagliata. Non abbiamo mai rilasciato questo certificato».

Scioccata, Lilly la fissò. «Ne è sicura?»

«Al cento per cento». La signora McDermott indicò il documento. «Questa è un'attività di famiglia. In questo ufficio ci sono solo due persone che firmano i certificati di cremazione e io sono una di loro. L'altra è mio padre. Questo documento è un falso. Mi dispiace, signora».

Senza parole, Lilly fece un cenno di ringraziamento a Caroline McDermott e uscì dall'ufficio. Perché qualcuno aveva falsificato un certificato di cremazione? Che senso avrebbe avuto? C'era qualcosa di sospetto. Cosa c'era di così importante, nella morte di Thomas, da spingere qualcuno a falsificare un certificato di cremazione?

Cosa stavano cercando di nascondere?

5

Con sua grande sorpresa, Jack scoprì dove si trovava Thomas Reed due giorni dopo l'incontro con Ace e Fox nella vecchia casa di Sheppard. Jack fissò la targa sul muro di urne del cimitero di Shaded Pine, un piccolo cimitero alla periferia di Washington D.C. Thomas era morto. A giudicare dalla data della sua morte, Thomas era riuscito a nascondersi dai suoi nemici per oltre tre anni. Lo avevano raggiunto due mesi fa.

Oh, Thomas, pensò Jack, *perché non potevi resistere altri due mesi?*

Perché Thomas non era riuscito a

rimanere nascosto? Come avevano fatto a trovarlo? Troppe domande rimbalzarono nella mente di Jack, mentre guardava la pietra dietro la quale erano custodite le ceneri di Thomas. Ceneri... A quella parola, un ricordo affiorò. Thomas aveva una fobia che derivava dalla morte di sua madre: il fuoco. Allora perché era stato cremato? Non aveva senso. Ne avevano parlato spesso, quando erano impegnati nelle zone di conflitto in tutto il mondo. Thomas gli aveva fatto giurare che se fosse stato ucciso in azione, sarebbe stato sepolto, non bruciato.

Era un segno che qualcosa non andava? Thomas aveva inscenato la sua morte per scrollarsi di dosso i suoi nemici? Voleva forse lasciare un messaggio ai suoi amici, a Jack in particolare, fingendo di essere stato cremato? Era quantomeno strano e valeva la pena di indagare.

Jack sapeva esattamente da dove iniziare: dal padre di Thomas. Se c'era qualcuno che poteva sapere la verità sulla morte di Thomas, quello era William Reed, se era ancora vivo.

Un'ora dopo, Jack si trovò di fronte a una struttura per anziani. Controllò l'indirizzo che aveva trovato online. No, non c'erano dubbi: Will Reed ora viveva in una casa di riposo. Anche questa fu una sorpresa. Dopotutto, il padre di Thomas, un uomo fieramente autosufficiente, aveva giurato anni prima che avrebbero dovuto portarlo fuori da casa sua in una bara. Cosa lo aveva spinto ad accettare di trasferirsi in una struttura per anziani?

Jack entrò nell'edificio a un piano. Invece di sembrare un ospedale, l'interno aveva un'atmosfera allegra e ariosa. Nell'atrio si sentiva una musica soft e un banco della reception che sembrava appartenere a una stazione termale era presidiato da un giovane uomo amichevole.

«Benvenuto al Sunset Living, sono Robbie. Come posso aiutarla?»

«Buongiorno», disse Jack. «Sono qui per visitare un vecchio amico di famiglia, il signor William Reed».

«Ah sì, uno dei nostri nuovi residenti». Robbie sorrise e indicò una cartellina sulla scrivania. «La farò registrare e avrò bisogno di vedere il suo documento d'identità».

Jack prese la penna e scrisse un nome falso sul modulo, poi tirò fuori la patente di guida falsa e la consegnò all'impiegato.

Robbie lo guardò, lo confrontò con il nome che Jack aveva scritto e glielo restituì. «Ecco a lei, signor Duke. Le mostro la suite del signor Reed».

«Grazie, lo apprezzo molto».

Robbie si alzò e indicò uno dei due corridoi. Jack lo seguì.

«Tra pochi minuti ci sarà uno spuntino di metà mattina per i residenti, e lei è il benvenuto, se vuole unirvi al signor Reed».

«Grazie».

«Non riceve molte visite, sa. Lei ha detto di essere un vecchio amico di famiglia?» Chiese Robbie, sembrando un po' troppo desideroso di strappargli informazioni.

Ma forse Jack era solo un po' paranoico. L'aver vissuto in clandestinità per più di tre anni poteva fare questo effetto a qualsiasi uomo.

«Sì, mio padre e il signor Reed erano amici», mentì Jack.

«Oh, è bellissimo. Magari potrebbe portare suo padre, la prossima volta».

Jack forzò un sorriso amichevole. «Temo che il mio vecchio sia morto di recente».

«Mi dispiace molto sentirlo». Robbie si fermò davanti a una porta. «Eccoci qua». Bussò, poi aprì la porta ed entrò. «Signor Reed, ha una visita».

Jack entrò nella stanza dietro a Robbie.

«C'è il signor Duke per lei», disse Robbie.

Gli occhi di Jack caddero sul vecchio seduto in poltrona che guardava fuori dalla finestra come se non li avesse nemmeno sentiti. Sembrava fragile, con le spalle ingobbite in avanti e le braccia allentate in grembo.

«Non conosco nessun Duke», disse improvvisamente Reed.

Merda! Ovviamente Reed non lo avrebbe riconosciuto con questo nome falso, e nemmeno con il suo nuovo volto. «Ah, ancora con il vecchio gioco di far finta di non conoscermi».

Robbie guardò Jack e si avvicinò di un passo, e Jack era pronto a fare tutto il necessario, se Robbie non gli avesse creduto e avesse causato problemi.

«Alcuni giorni sta meglio di altri», disse Robbie, a bassa voce. «Ma la sua demenza sembra peggiorare di giorno in giorno».

«Demenza?»

«Oh, non lo sapeva? Sì, purtroppo sta progredendo a un ritmo molto veloce». Robbie indicò Reed. «Si sieda con lui e gli parli. Molti dei nostri pazienti affetti da Alzheimer sembrano ricordare il passato remoto molto meglio di quello che hanno mangiato a colazione. Vi lascio da soli».

Jack annuì e Robbie uscì dalla stanza, chiudendosi la porta alle spalle.

Jack si guardò intorno. La stanza era arredata in modo confortevole con un letto, un comodino, un divano con due poltrone e un tavolino. C'erano un grande armadio a muro e un bagno privato. Alle pareti erano appese alcune foto di famiglia.

«Signor Reed», disse Jack e si avvicinò al padre di Thomas. «Sono un amico di Thomas dell'esercito».

Reed girò la testa per guardarlo. Nei suoi occhi non vide alcun cenno di riconoscimento e un attimo dopo voltò di nuovo la testa per guardare fuori dalla finestra.

«Sono Jack. Jack Porter».

«Una volta conoscevo un Jack», disse, improvvisamente, Reed. «Credo... mio fratello... era un soldato».

Jack sospirò. Sapeva che Reed aveva un fratello e una sorella. Ma il nome di suo fratello non era John o Jack, bensì Michael. Ed era un dentista, non un soldato. Era chiaro che la demenza di Reed era piuttosto avanzata. Anche se Thomas avesse inscenato la sua morte e si fosse confidato con suo padre, era improbabile che Reed fosse in grado di fornire informazioni al riguardo.

Forse, se Jack fosse stato al gioco, avrebbe potuto far scattare qualche ricordo nel vecchio. «Sì, tuo fratello. Ti ricordi di me? Sono tornato, dopo aver combattuto una guerra».

Un sorriso si diffuse sul volto di Reed. «La bistecca era bruciata. L'hai lasciata sul fuoco troppo a lungo».

«All'ultimo barbecue, giusto?» Disse Jack. C'era un fondo di verità, nelle parole pronunciate da Reed. Al barbecue della famiglia Reed a cui Jack era stato invitato poco prima di entrare nella CIA, c'era stato un piccolo incidente, mentre Jack si occupava della griglia.

«Dovevo controllare che le fiamme non salissero troppo in alto». Ma era stato distratto da una bella ragazza che era appena arrivata. L'aveva riconosciuta subito, anche se non l'aveva mai incontrata prima. Thomas aveva condiviso molte foto e storie mentre era in missione, facendo sentire Jack come se la conoscesse già. «C'era anche tua nipote».

«Nipote?» Sembrava che non capisse la parola.

«Lilly», lo aiutò Jack.

«Lilly, come il giglio. Un fiore bellissimo.

Il mio giardino... tutti i fiori stanno sbocciando».

Jack ingoiò la propria delusione. Reed non sarebbe stato in grado di dirgli nulla di utile. Era triste, vederlo così. Non c'era da stupirsi che ora vivesse in una casa di riposo. Non poteva più stare da solo. Aveva bisogno di assistenza a tempo pieno.

Tuttavia, Jack doveva fare un altro tentativo.

«Thomas se n'è andato. Sai dove è andato?»

All'improvviso Reed girò la testa verso Jack e lo guardò negli occhi. «Thomas?» Una lacrima rotolò lungo una guancia. «L'hanno preso».

«Chi?»

«Alla fine, li prendono sempre. Sono ovunque». Gli occhi di Reed si rivolsero alla porta. «Anche qui. Sono qui, in casa mia... Avrei dovuto saperlo... Non sarebbe dovuto venire».

«Thomas? Thomas non sarebbe dovuto venire?».

«Lei mi ha mentito. È stata lei».

«Chi? Chi ti ha mentito?»

«Devo avvertire i suoi amici. Stanno arrivando per prenderli tutti».

«Gli amici di Thomas? Devi avvertire gli amici di Thomas?»

«Chi sei?»

«Io sono Jack. Sono un amico di Thomas».

Reed scosse la testa. «Il governo ha mandato te. Il governo ha mandato anche lei. Mi hanno ingannato. E Thomas ha pagato, per questo. L'hanno trovato per colpa mia».

All'improvviso iniziò a dondolare in avanti sulla sedia, visibilmente sconvolto. Jack prese la sua mano e la strinse.

«Mi dispiace, signor Reed. Mi dispiace che Thomas sia morto». Nonostante le cose incoerenti che Reed stava dicendo, le sue emozioni erano genuine e lasciavano intendere la verità: Thomas era davvero morto.

«È colpa mia». Prese una foto che si trovava sul davanzale della finestra. «Colpa mia».

Jack guardò la foto. Era stata scattata il giorno del barbecue, quasi sette anni prima. La foto ritraeva Reed, suo figlio Thomas, sua nipote Lilly e un altro uomo di cui Jack non ricordava il nome. La mattina successiva allo scatto, Jack aveva ricevuto una notizia da riferire immediatamente alla CIA. Henry Sheppard gli aveva fatto un'offerta per entrare a far parte del suo programma top-secret Stargate, ma a una condizione: lasciarsi alle spalle la sua vita precedente e tagliare immediatamente i ponti con amici e familiari.

Jack ora concentrò lo sguardo su Lilly, nella foto. Lei era stata l'unica cosa che aveva rimpianto di aver lasciato, perché la notte che avevano trascorso l'uno fra le braccia dell'altra, dopo il barbecue aveva acceso in lui un bisogno che non era mai riuscito a soddisfare. Il bisogno di fare sua Lilly. Ma avevano avuto solo una notte.

Scosse la testa. Non era uno che sognava a occhi aperti. Non aveva questo lusso.

«Signor Reed, io...»

Jack non finì la frase. In realtà, non sapeva nemmeno cosa avrebbe voluto dire a Reed, perché all'improvviso tutto si confuse, intorno a lui. Una scena si svolse davanti ai suoi occhi. Sapeva cos'era: una premonizione. Aveva il dono della preveggenza, proprio come i suoi colleghi agenti Stargate. Era il motivo per cui lui e gli altri agenti precognitivi erano braccati.

Riconobbe subito Lilly. Non era cambiata molto, nei sette anni trascorsi dalla loro notte insieme. Semmai era diventata più bella. I suoi capelli biondi erano del colore del grano. Li portava un po' più corti, rispetto a sette anni fa, ma le toccavano ancora le spalle e i morbidi riccioli le incorniciavano il viso delicato. Le sue labbra erano di un rosso intenso, anche se lui capì che non portava il rossetto. I suoi occhi erano ancora dello stesso grigio chiaro accentuato dalle lunghe ciglia.

Lilly indossava un camice bianco, quello del personale medico. Quando l'aveva conosciuta, era già al terzo anno di specializzazione all'ospedale Johns Hopkins di Baltimora. Thomas era così orgoglioso di lei. Jack si concentrò sulla visione che si stava svolgendo davanti al suo occhio interno. Lilly attraversò un cortile fino a un chiosco mobile di cibo. Ordinò da mangiare e pagò, poi si spostò di lato e si sedette su una panchina, in attesa che il suo ordine venisse preparato. Jack riuscì a leggere il nome sul camioncino: *Jose's Enormes Tacos*. Davanti al camioncino, altro personale medico era in fila per ordinare. Nel frattempo, il cellulare di Lilly squillò, lei lo tirò fuori dalla borsetta e rispose.

«Pronto?» Si fermò per un attimo. Poi ripeté: «Pronto?». Qualche secondo dopo scrollò le spalle e rimise il telefono nella borsa.

Passarono alcuni istanti e qualcuno dal camioncino chiamò il nome di Lilly. «Lilly, tre taco di manzo».

Lilly saltò in piedi e si diresse verso il camion. In quel momento Jack lo vide: un punto rosso sulla fronte di Lilly. Non ci fu alcun suono, quando il proiettile colpì. Lilly si accasciò sul posto. Jack cercò di forzare la visione per individuare dove si era nascosto il cecchino, ma la scena davanti ai suoi occhi era già sfocata.

Un attimo dopo, stava guardando di nuovo Reed. Il vecchio lo fissò. «Thomas, figliolo?».

«Ti voglio bene, papà», rispose Jack, sapendo che l'anziano aveva bisogno di sentire quelle parole anche se lui non era Thomas. «Devo andare».

«Non lasciarli vincere».

Non l'avrebbe fatto. Perché ora le cose erano diventate ancora più personali. Lilly era in pericolo e Jack avrebbe smosso cielo e terra per salvarla dallo sconosciuto assassino.

6

Lilly era in piedi nel suo ufficio e guardava la piazza sottostante dalla finestra. C'erano un paio di camioncini che erano arrivati verso le dieci del mattino e si stavano preparando per la folla del pranzo. C'erano molte panchine e alberi che facevano ombra ai molti impiegati e lavoratori dei laboratori che amavano pranzare all'aperto. La Delta Labs aveva anche commissionato diverse opere d'arte a scultori locali per far sembrare l'area meno sterile, meno simile a qualsiasi altro noioso complesso di uffici alla periferia di Bethesda.

Lilly aveva lasciato altri messaggi a Henry Sheppard della CIA, dopo la visita alle pompe funebri di due giorni prima. Lui non l'aveva ancora richiamata. Ma non si sarebbe arresa così facilmente. Prese il cellulare e ricompose il numero di Sheppard. Anche in questo caso, raggiunse solo la sua casella vocale.

«Signor Sheppard. Sono di nuovo Lilly Davis. Come ho detto ieri e il giorno prima, il certificato di cremazione di Thomas Reed era falso. Le pompe funebri lo hanno confermato. Trovo la cosa molto sospetta e, dato che lei sembra essere l'unica persona in possesso di informazioni sulla morte di mio cugino, ho bisogno di parlarle. C'è qualcosa che non quadra, altrimenti perché qualcuno avrebbe falsificato i documenti? Hai il mio numero».

Disconnesse la chiamata. Un attimo dopo, il suo cellulare squillò.

«Sì?»

«Sono Peter Lancaster, del cimitero di Shaded Pine. Parlo con la signora Davis?» Disse l'uomo all'altro capo del telefono.

«Sì, grazie per aver richiamato». Il pomeriggio precedente aveva lasciato un messaggio al cimitero dove era stato sepolto Thomas.

«Nessun problema. Ho dato un'occhiata alla sua domanda su suo cugino, Thomas Reed. Temo che non ci sia molto. È stato cremato in un'altra struttura e le ceneri e il certificato di cremazione sono stati trasferiti a noi».

«Sa chi le ha mandato le ceneri?».

«Vediamo...il documento di trasferimento è stato firmato da William Reed. Credo sia il padre del defunto».

«Ne è sicuro?»

«Sì. È stato sempre lui ad acquistare lo spazio nella nostra parete di urne e il piano di manutenzione annuale».

«Di persona?»

«Non ne sono sicuro. Molti dei nostri clienti più anziani chiamano, piuttosto che venire a trovarci di persona. Ma il documento è stato firmato dal signor Reed».

«Potrebbe inviarmi una foto del documento?».

«Certamente. Glielo mando tra un minuto. C'è qualcos'altro che le serve?».

«No, grazie mille».

Pochi secondi dopo aver interrotto la chiamata, il suo telefono trillò, annunciando l'arrivo di un messaggio di testo. Cliccò sulla foto e la ingrandì per poter leggere la firma. A prima vista, sembrava quella di suo zio, ma sapeva che non poteva essere la sua. Un anno fa, le mani di Will Reed avevano iniziato a tremare e i medici ritenevano che stesse sviluppando il Parkinson. Suo zio non avrebbe mai potuto firmare il documento in modo così pulito. Le sue mani tremanti glielo avrebbero impedito. Qualcuno aveva falsificato la sua firma e, a giudicare dall'impressionante somiglianza con la firma che aveva prima di sviluppare il Parkinson, Lilly ipotizzò che qualcuno l'avesse copiata da un altro documento legittimo e l'avesse incollata su quello ricevuto dal cimitero di Shaded Pine.

Era in un vicolo cieco. Senza il certificato di morte non poteva indagare ulteriormente. L'Ufficio di Stato Civile di Washington le aveva inviato un'e-mail automatica per confermare che avevano ricevuto la sua richiesta del certificato di morte di Thomas, ma non si sapeva quanto tempo ci sarebbe voluto, prima che lo ricevesse.

Anche la chiavetta USB che aveva trovato nella stanza di Thomas non era stata di alcun aiuto. Non conteneva dati.

Lilly fissava fuori dalla finestra. A causa dell'ubicazione della Delta Labs, lontano dal centro di Bethesda, le scelte in fatto di ristoranti erano davvero poche. Nella piazza sottostante c'era molta gente. Lo stomaco di Lilly brontolò involontariamente. Era ora di fare una pausa e mangiare qualcosa, prima che la fila agli unici due chioschi diventasse troppo lunga. Un taco del famoso camioncino nella piazza era proprio quello che le serviva, ora.

Prese la borsetta, ci infilò dentro il cellulare e attraversò il laboratorio.

«Scendo a pranzare», annunciò allo staff del laboratorio. «Qualcuno vuole qualcosa dal camioncino dei taco?»

Diversi 'no' risuonarono nel laboratorio.

«Andrew? E tu?» chiese lei, visto che lui non aveva risposto.

Lui alzò lo sguardo dal suo lavoro. «No, grazie, Lilly, oggi faccio digiuno».

«Buon per te», disse Lilly e si diresse fuori.

Invece di scendere con l'ascensore, Lilly optò per le scale. Aveva bisogno di fare un po' di esercizio. Stava ancora smaltendo la notizia che suo cugino era stato un agente della CIA. E lei pensava che fosse nell'esercito, a combattere guerre straniere per il suo paese. In realtà, aveva servito il suo Paese in un altro modo. Perché non le aveva mai detto cosa faceva davvero? Dopo tutto, erano stati così vicini.

«Cosa posso darti?» chiese il ragazzo del camioncino dei taco.

Lilly non aveva nemmeno guardato il menu affisso all'esterno del camioncino. Ordinava sempre la stessa cosa. «Tre taco di manzo».

«Nome?»

«Lilly».

Lei gli porse la carta di credito, lui la

strisciò e le fece firmare la ricevuta. Si fece da parte per permettere alla persona dietro di lei di ordinare. A pochi metri di distanza c'era una panchina vuota. Poco dietro si trovava una grande scultura fatta di vetro di diversi colori. Raffigurava un cuore.

Lilly si avvicinò alla panchina e si sedette. Lasciò che i raggi di sole le baciassero il viso e fece un respiro profondo. La sua mente tornò a Thomas. Non riusciva ancora a credere che fosse stato un agente della CIA. E chiaramente un bravo agente, perché nemmeno lei aveva sospettato che le avesse nascosto un segreto. Cosa aveva fatto esattamente, nella CIA?

Lo squillo del cellulare la distolse dai suoi pensieri. Guardò il display, ma c'era scritto solo '*Chiamante sconosciuto*'. Henry Sheppard la stava finalmente richiamando?

«Pronto?»

Sentì dell'elettricità statica sulla linea, una voce confusa, ma non riuscì a capire cosa dicesse la persona.

«Pronto?» Ripeté, ma l'elettricità statica nella linea peggiorò.

Lei scrollò le spalle e disconnesse la chiamata, prima di rimettere il cellulare nella borsetta.

Proprio in quel momento, qualcuno dal camioncino chiamò il suo nome. «Lilly, tre taco di manzo».

7

«Cazzo!» Jack imprecò, saltando fuori dall'auto.

Aveva capito dove si sarebbe svolto l'omicidio di Lilly chiamando il numero di *Jose's Enormes Tacos* e chiedendo dove fosse parcheggiato il loro camioncino oggi. Si era precipitato lì infrangendo ogni tipo di codice stradale, senza sapere a che ora si sarebbe svolto l'evento, anche se, a giudicare dalla folla del pranzo nella sua premonizione, sarebbe stato intorno a mezzogiorno.

Mentre era in macchina, aveva provato il numero di cellulare di Lilly, quello che lei gli aveva dato sette anni prima. Era ancora attivo, ma era partita la segreteria telefonica. Non si era preoccupato di lasciare un messaggio, perché se non avesse raggiunto Lilly in tempo, non l'avrebbe mai ricevuto. Continuò a chiamarla, fino a quando finalmente riuscì a contattarla.

Sentì una voce, ma l'elettricità statica della linea gli impedì di capire cosa dicesse Lilly.

«Lilly, torna di corsa nell'edificio!», la avvertì, sperando che lei potesse sentirlo sopra le interferenze. «Qualcuno sta cercando di spararti».

«Pronto?», sentì attraverso le interferenze, avendo così la conferma che lei non lo aveva sentito.

«Merda, merda, merda!»

Jack aveva già individuato Lilly seduta sulla panchina e corse verso di lei. Ancora pochi metri. Per poco non si scontrò con un adolescente che stava ascoltando qualcosa con gli auricolari, ma lo evitò all'ultimo secondo. Jack lo superò di corsa, poi vide con orrore che Lilly si era alzata dalla panchina. Qualcuno dal camioncino dei taco l'aveva chiamata per nome. Aveva solo pochi secondi a disposizione.

Jack era a tre metri da lei, quando vide il punto rosso sulla sua fronte. Il suo cuore si fermò, ma il suo corpo no. Si fiondò verso di lei, placcandola a terra, quando sentì il rumore di qualcosa che colpiva il vetro e lo rompeva. Alzò lo sguardo. Il proiettile aveva colpito una scultura di vetro a diversi metri dalla panchina.

«Sparatoria in corso!» Jack urlò alle persone che si aggiravano nella piazza.

Il frantumarsi della scultura di vetro aveva allertato tutti e la gente aveva urlato e si era messa al riparo. Sotto di lui, Lilly gemette.

«Dobbiamo andarcene da qui», disse Jack, sollevandosi da Lilly, mentre dava un'occhiata indietro. Poiché il proiettile aveva colpito la scultura dietro la panchina, era facile intuire da dove l'assassino stesse sparando. «Stai giù».

Lilly sembrava stordita, ma non ebbe il tempo di verificare se la caduta l'avesse ferita, perché il cecchino era ancora lassù, da qualche parte nel parcheggio, e stava mirando a loro. Jack afferrò Lilly e la tirò con sé, quando risuonò un altro sparo, ma Jack aveva già spinto Lilly dietro il camioncino dei taco e fuori dalla linea di tiro. Dietro il chiosco, prese fiato e guardò Lilly. Sembrava spettinata e aveva le ginocchia piene di escoriazioni, ma, a parte questo, non sembrava ferita.

«Oh, mio Dio! Cosa sta succedendo?» Chiese Lilly, con il respiro affannoso e la voce carica di panico.

«Ti porto fuori di qui. Togliti il camice».

«Perché?» Lei gli lanciò uno sguardo confuso.

Indicò il punto in cui aveva parcheggiato l'auto. «Dobbiamo metterci in salvo. E senza il tuo camice il cecchino non ti riconoscerà subito». Le stava già tirando il camice per aiutarla a toglierlo. Le prese il braccio e la tirò dietro la sicurezza del camioncino dei taco.

«La mia borsetta», disse e allungò la mano a terra.

Jack la prese e gliela porse. Poi guardò in direzione della sua auto, facendo attenzione a tutto ciò che poteva fornire un riparo: alcuni alberi più piccoli, bidoni della spazzatura e qualche auto.

«La mia auto è la Toyota rossa». La indicò. «La vedi?»

«Sì».

«Dobbiamo correre lì il più velocemente possibile».

Molte persone stavano già scappando dalla piazza, urlando. Sperava che il caos nella piazza rendesse più difficile per il cecchino trovare il suo obiettivo.

«Pronta?»

Lei annuì.

Tenendo per mano Lilly, si mise a correre, approfittando degli alberi che si trovavano tra il camioncino dei taco e la sua auto. A pochi metri da dove aveva fermato l'auto, diede a Lilly un'altra istruzione.

«Entra dal lato del passeggero. La porta è aperta. Poi abbassati».

Non disse un'altra parola, ma continuò a correre. Jack le lasciò la mano e corse verso il lato del guidatore. Con la coda dell'occhio, vide Lilly correre verso la portiera del lato passeggero e aprirla.

Jack raggiunse il lato del guidatore e quando fu dentro l'auto, Lilly aveva già sbattuto la portiera del passeggero e si stava rannicchiando sul suo sedile. Jack accese l'auto e mise la retromarcia.

«Aggrappati a qualcosa».

Lilly si appoggiò al cruscotto, con la testa tra le gambe, mentre Jack faceva un'inversione a U così veloce da far fumare le gomme. Pochi secondi dopo, si ritrovò in strada evitando a malapena un incidente con un taxi, mentre percorreva la strada a senso unico nella direzione sbagliata. Ma non gli importava. Dovevano mettere una distanza sufficiente tra loro e il cecchino, prima di potersi preoccupare di qualsiasi altra cosa.

Ma prima doveva assicurarsi che nessuno potesse rintracciarli. «Hai il telefono?» Le chiese.

«Sì».

«Dammelo».

Lei tirò fuori il telefono dalla borsetta. «Devo chiamare il 911?»

«No, passamelo».

Lei glielo porse e lui lo gettò fuori dall'auto.

«Ma che diavolo?» Imprecò. «Perché l'hai fatto?»

«Così non possiamo essere rintracciati».

Alla successiva strada secondaria, svoltò. Non era una strada a senso unico e finalmente poté prendere fiato. Le lanciò un'occhiata con la coda dell'occhio.

«Lilly? Stai bene?» Chiese ancora, orientandosi per trovare la strada migliore che li portasse in un luogo sicuro.

Stupita, lei lo fissò. «Chi sei e come fai a sapere il mio nome?»

«Sono Jack. Jack Porter. Ero un amico di Thomas».

«Jack?»

Con la coda dell'occhio, notò che lei scuoteva la testa.

«Conoscevo Jack Porter. E tu non sei lui. Ferma la macchina e fammi scendere».

«Non posso farlo».

8

Lilly aveva il cuore in gola. Era stata rapita!

Era ancora nel panico per la sparatoria nella piazza. Sarebbe rimasta uccisa, se non fosse stato per l'uomo che l'aveva spinta fuori dalla linea di tiro. Ne era convinta. Ma era stata una messinscena, la sparatoria, il panico in piazza, per poterla rapire senza che lei opponesse resistenza? E la faccia tosta di quell'uomo che affermava di essere l'amico di Thomas, Jack Porter! Come se lei non conoscesse l'aspetto di Jack!

«Ferma subito la macchina! O ti spruzzo

con lo spray urticante!» Bluffò e prese la borsetta.

«Se avessi davvero lo spray con te, l'avresti già usato. Comunque, bel tentativo», disse lui.

C'era un sorrisetto, sul suo volto? Ma come si permetteva!

Chiaramente l'uomo non si lasciava ingannare facilmente. Guardò fuori, valutando la velocità dell'auto.

«Io non lo farei. Potresti farti male».

«Fare cosa?» Sbottò lei.

«Provare a saltare fuori dall'auto in corsa». Le lanciò un'occhiata con la coda dell'occhio e le indicò le gambe. «Hai già i lividi sulle gambe per la caduta di prima».

Si guardò le ginocchia e solo ora vide le abrasioni e il sangue. Non aveva nemmeno avvertito il dolore fino a quel momento, troppa adrenalina le scorreva dentro.

«Perché lo stai facendo? Che cosa vuoi? Un riscatto? Devo deluderti. Ho una montagna di prestiti studenteschi e nessun risparmio».

«Se ti avessi lasciato lì alla piazza, ora saresti morta».

«Non puoi almeno rallentare?» Chiese. Indicò attraverso il parabrezza. «Quel semaforo è già giallo».

Ma lui attraversò l'incrocio successivo con il semaforo che diventava rosso, spegnendo la speranza della donna di poter fuggire mentre l'auto era in attesa al semaforo rosso.

«Lilly, fai un bel respiro. Devo portarci in un posto sicuro, prima che ci raggiungano».

«Ci raggiungano? Il cecchino è là, nella piazza. Hai parlato come se io fossi l'unico bersaglio. Ho sentito diversi spari».

Lui la guardò e per la prima volta lei notò il blu intenso dei suoi occhi. Jack aveva degli occhi così. L'avevano attirata a lui, quel giorno al barbecue della famiglia Reed.

«Sì, e se il primo ti avesse colpito, non ce ne sarebbero stati altri. Era un cecchino e ti aveva nel mirino. Ho visto il laser sulla tua fronte».

«È ridicolo». Anche se la consapevolezza che qualcuno avesse puntato un'arma su di lei la fece rabbrividire. «No... no... perché mai...» Poi si rese conto degli eventi degli ultimi giorni. E se avesse avuto a che fare con la morte di Thomas?

«Chi sei, veramente?» Chiese, alla fine, e lo guardò di nuovo. L'aveva mandato Henry Sheppard?

Era bello. Doveva ammetterlo. Alto, muscoloso, con i capelli biondo scuro, il naso dritto e gli zigomi alti, il mento forte. Non un solo grammo di grasso sulla sua struttura.

«Come ho detto, sono Jack Porter». All'improvviso sfoderò un sorriso. «E sei diventata ancora più bella, negli ultimi sette anni».

Il suo cuore ebbe un sussulto. Sette anni. Ecco quanto tempo era passato da quando aveva visto il vero Jack Porter, l'uomo tra le cui braccia aveva trascorso una notte di passione, per poi svegliarsi da sola.

«Se sapessi cosa ha fatto Jack Porter, non diresti di essere lui».

Lui non rispose. Anzi, fece qualche altra curva frettolosa, finché non entrò in un garage sotterraneo. Lì dovette guidare più lentamente e lei guardò di nuovo la maniglia della portiera. Nel momento in cui l'auto rallentò mentre percorreva una curva, lei tirò la maniglia.

Non successe nulla. La porta non si aprì. Lei girò la testa verso di lui.

«Tu, tu...»

«È per il tuo bene», affermò.

Pochi secondi dopo, si fermò in un parcheggio vuoto e saltò fuori dall'auto. Corse intorno alla macchina, aprì la portiera del lato passeggero e la tirò fuori.

Non le lasciò andare il braccio.

«Ti prego, lasciami andare», lo implorò, ora. «Non andrò alla polizia. Non dirò a nessuno che mi hai rapita».

Ma lui la trascinò verso un altro veicolo, un furgone bianco. «Ti spiegherò tutto quando saremo al rifugio. Te lo prometto, Lilly».

Poi aprì la porta laterale del furgone e la costrinse a entrare. All'interno era buio.

«Siediti sulla panchina. E metti la cintura di sicurezza».

Poi lui chiuse la porta e lei non ebbe altra scelta che eseguire il suo ordine.

Pochi istanti dopo erano di nuovo in strada, anche se Lilly non riusciva a vedere dove fossero diretti. Non c'era nessun finestrino sul retro del furgone e la separazione tra la cabina di guida e il retro aveva solo una piccola finestra che le permetteva di vedere la nuca del suo rapitore.

Si accasciò sulla panchina e un piccolo singhiozzo le uscì dalla gola.

Cosa le sarebbe successo, ora? L'avrebbe violentata e uccisa? Avrebbe gettato il suo corpo in un fosso? Perché? Perché le stava succedendo questo?

Non sapeva per quanto tempo avessero viaggiato, finché il furgone non si fermò. Il suo rapitore spense il motore. Quando la porta della sua prigione si aprì, entrò la luce. Una mano la raggiunse.

«Lilly, vieni fuori, siamo arrivati».

Gli permise di aiutarla ad uscire dal furgone e si guardò intorno. Erano in un garage.

Chiuse la porta del furgone dietro di lei e la accompagnò a una porta. Portava a una casa.

«Per ora siamo al sicuro, qui», disse e chiuse la porta del garage dietro di loro.

Lilly si addentrò nella casa. C'era un piccolo soggiorno, una cucina con una zona pranzo e altre due porte chiuse. Pensò che una fosse una camera da letto e l'altra un bagno.

«Siediti», disse lui, indicando il divano. «Prendo un kit di pronto soccorso».

Con sua grande sorpresa, lui la lasciò da sola in salotto e aprì una delle altre porte, che lei aveva giustamente pensato fosse un bagno. Lo sentì aprire e chiudere gli armadietti e ne approfittò per guardarsi intorno. Non c'erano molte decorazioni nella piccola casa a un piano. Come se nessuno vivesse davvero qui. Aveva visto case vacanza che avevano più personalità di questa casa.

Per raggiungere la porta d'ingresso avrebbe dovuto passare davanti alla porta aperta del bagno. Camminando con cautela per non fare rumore, si diresse verso la porta, ma non la raggiunse. Jack uscì dal bagno, bloccandole la via di fuga.

Lui inclinò un po' la testa di lato. «Per favore». Le fece cenno di tornare in salotto. Posò il kit di pronto soccorso sul tavolino.

«Mi dispiace di averti dovuto spingere così tanto», disse, in tono dolce, «ma un secondo di troppo e ti saresti ritrovata con un proiettile in testa. Avrei voluto arrivare prima, ma il traffico...» Sospirò e si passò una mano tra i capelli. Una mano che tremava.

Questo la sorprese. Perché la sua mano stava improvvisamente tremando? E c'è un'altra cosa che non aveva senso, nella sua dichiarazione.

«Stai dicendo che sapevi in anticipo della sparatoria?».

Lui incontrò i suoi occhi e per qualche secondo non disse nulla. «Prima di tutto», indicò le sue ginocchia. «Vediamo di rimetterti in sesto». Fece un passo verso di lei.

«No!» Si sorprese della fermezza della sua voce. «Prima mi dici chi sei veramente».

«Mi sembra giusto». Si sedette sulla poltrona e indicò il divano. «Forse è meglio se ti siedi, per questo».

Con riluttanza, si sedette sul divano.

«Sono Jack Porter e ho fatto il militare con Thomas Reed, tuo cugino. E il motivo per cui non mi riconosci è che ho fatto un intervento di chirurgia plastica».

Sbuffò. «Sì, certo! Che balle! Tu non sei Jack. Conosco Jack. Sono stata a letto con Jack, quindi credimi, se ti dico che lo riconoscerei. Certo, avete la stessa altezza, la stessa corporatura e anche gli stessi occhi, ma le somiglianze finiscono lì, quindi non pensare di potermi ingannare facendomi credere di essere lui».

Un lento sorriso si diffuse sul suo volto. «Ho capito. Quanto ricordi, di quella notte di sette anni fa?»

«Tutto!» Era vero. Aveva rivissuto ogni secondo della sua notte con Jack molte volte.

«Bene. Allora immagino che ti ricorderai

di questo». Si alzò e mise una mano sui jeans. Aprì il bottone.

Saltò in piedi, pronta a fuggire. «Che cazzo stai facendo?»

«Ti mostro la prova che sono Jack».

Abbassò la cerniera e fece scendere i jeans fino a metà coscia. Poi infilò i pollici nella cintura dei boxer e fece scendere anche quelli.

Il suo cazzo sporgeva, pesante, ma rilassato. Non riusciva a distogliere lo sguardo da quella vista. Ecco la prova.

«La tua voglia».

Proprio sul suo cazzo c'era una voglia che sembrava lo stato del Texas. L'aveva vista la sera del barbecue della famiglia Reed, dopo essere tornata all'hotel di Jack, dove avevano fatto l'amore per tutta la notte. Non era una cosa che si potesse falsificare o di cui molte persone fossero a conoscenza.

Fece un passo verso di lui, ma nella sua mente non c'erano più dubbi. Si trattava di Jack. L'uomo che le aveva spezzato il cuore.

«Mi credi, adesso?» Le chiese.

Lei sollevò la testa. «Sì, ti credo».

Poi strinse la mano destra in un pugno e lo colpì in faccia più forte che poteva.

La sua testa si girò di lato e lui gemette. «Credo di meritarmelo da un bel po'».

9

Lilly lo aveva colto alla sprovvista. Non avrebbe dovuto sorprendersi. Dopotutto, l'aveva lasciata, senza una parola o una spiegazione, la mattina dopo la loro notte d'amore. Come un ladro nella notte, era scomparso. Non era stato in grado di dirle il motivo.

«Per quello che vale, mi dispiace per quello che è successo allora», disse, mentre si tirava su i boxer e i pantaloni e chiudeva la zip.

«Beh, grazie mille. È esattamente quello che una ragazza vuole sentirsi dire, quando un ragazzo sparisce dopo aver ottenuto quello che voleva».

«Non ho mai ottenuto quello che volevo». Le parole furono pronunciate prima che potesse fermarle. Erano la verità, anche se non voleva ammetterlo, con lei.

«Ora mi insulti insinuando che non sono brava a letto?»

Lo aveva completamente frainteso.

Lilly strinse di nuovo la mano a pugno, ma Jack la afferrò prima che lei potesse colpirlo di nuovo e la strinse con forza. Un solo pugno era sufficiente.

«Non è quello che intendevo». Avrebbe dovuto tenere la bocca chiusa e non abboccare al suo amo, ma odiava mentirle, detestava fingere che la notte di sette anni prima non avesse significato nulla.

«Oh, per favore!», sbuffò lei.

«Ti volevo, ma non potevo restare. Ho dovuto lasciarti...»

Tirò su il labbro in un ghigno. «Fammi indovinare: sei un agente segreto, come Thomas».

A quelle parole, lui lasciò andare il pugno

di lei e indietreggiò. Non era preparato, a questo. Thomas le aveva detto che erano stati entrambi reclutati nella CIA? Thomas sapeva che Jack aveva partecipato allo stesso programma? Stranamente, Jack non lo aveva saputo fino a due giorni fa, quando aveva riconosciuto la foto di Thomas nell'elenco degli agenti di Stargate. Chiaramente, Henry Sheppard aveva fatto a Thomas la stessa offerta e gli aveva posto la stessa condizione: non dirlo a nessuno. Non condividere il loro segreto.

Lilly lo guardò negli occhi. «Oh, mio Dio, è vero. Sei nella CIA, proprio come Thomas».

Fece un respiro, valutando se fosse saggio dirle la verità. Esitò.

«Non mentirmi o uscirò da quella porta e non mi vedrai mai più», lo avvertì e lui sapeva che diceva sul serio. Da tutte le cose che Thomas gli aveva raccontato di lei nel corso degli anni, sapeva che era seria. Non accettava le cazzate da nessuno.

«Va bene, vuoi la verità. Sì, io e Thomas eravamo nella CIA».

«Eravate?»

Jack annuì. «Il nostro programma è stato eliminato». Era una parola appropriata per indicare come tutti gli agenti del programma Stargate avevano lasciato la CIA. Quando Sheppard era stato ucciso, aveva avvertito i suoi agenti con il suo ultimo respiro, inviando un messaggio psichico, di tagliare la corda o avrebbero subito la stessa sorte. Si erano dati tutti alla macchia. «Quanto ti ha detto Thomas?»

«Non mi ha detto nulla. Non una parola».

«Allora come...?» Aveva bluffato per fargli dire la verità? Lo aveva ingannato?

«Stavo ripulendo la vecchia stanza di Thomas e ho trovato qualcosa in un nascondiglio. L'ha lasciata perché la trovassi io, ne sono certa. Sai che è morto, vero?»

«Sì, mi dispiace». Ma non c'era tempo per il dolore. «Cosa ti ha lasciato da trovare?»

«Il suo tesserino identificativo della CIA. E c'era un numero di telefono su un blocco note. Ho chiamato il numero e ho parlato con un uomo della CIA. Ma non ha voluto dirmi come Thomas fosse morto. Mi ha detto solo che è stato un incidente durante un'esercitazione. Sai come è morto? Eri con lui?»

Jack scosse la testa. «Non ho più visto Thomas da quel giorno al barbecue».

«Ma tu eri uno dei suoi più cari amici e lavoravate insieme. Eravate insieme nella CIA. Come può...»

«Il programma a cui partecipavamo era top secret. Abbiamo dovuto interrompere i contatti con tutti gli altri membri della nostra vita precedente. Non ho mai saputo, fino a due giorni fa, che Thomas era stato reclutato nel mio stesso programma. E poi siamo stati tutti costretti a nasconderci, tre anni fa. Ci stanno dando la caccia».

«Vi stanno dando la caccia? Chi?»

«Chiunque abbia ucciso il leader del nostro programma, Henry Sheppard».

La sorpresa fu palese, sul volto di Lilly. Poi scosse la testa. «Stai mentendo».

L'accusa fu pungente. «Non sto mentendo. Ti sto dicendo la verità».

«Ho parlato con Henry Sheppard. È la

persona che ho chiamato alla CIA. Mi ha detto che non può dirmi come è morto Thomas perché è una questione di sicurezza nazionale».

«Non so con chi tu abbia parlato, ma non era Henry Sheppard. Sheppard è morto più di tre anni fa. È stato assassinato».

Per un lungo momento lui sostenne il suo sguardo. L' espressione di lei cambiò in una di realizzazione. «Ecco perché la pagina del quaderno è stata strappata. E perché il nome è stato cancellato».

«Cosa stai dicendo?» Le chiese.

«Quando ho detto di aver trovato un numero e un nome su un piccolo blocco di appunti, non è proprio... beh, sai quando scrivi qualcosa su un blocco di carta e fai molta pressione con la penna, lascia un'impronta. Ho trovato un pezzo di carta con questo tipo di impronta e ho usato una matita per rivelare il nome e il numero. Ho pensato che fosse un modo intelligente per far sì che Thomas me lo lasciasse senza che fosse troppo evidente. Da bambini lo facevamo sempre. Ma se Thomas sapeva che questo Henry Sheppard era morto, probabilmente ha semplicemente strappato la pagina. Dopo aver cancellato il nome e il numero».

«Ha senso. Posso vedere il blocco note?».

Scosse la testa. «L'ho lasciato a casa. Ma ho programmato il numero nel mio telefono». Poi gli lanciò un'occhiata infastidita. «E tu hai gettato il mio telefono dal finestrino dell'auto».

«Ho dovuto farlo, altrimenti chiunque ti stia cercando sarebbe stato in grado di rintracciarci. Non preoccuparti, se lo hai chiamato dal tuo cellulare, possiamo ottenere il numero tramite il tuo gestore telefonico».

«Perché qualcuno dovrebbe cercare di uccidermi? Forse chi ha sparato in piazza era solo un pazzo a caso. Voglio dire, sparatorie del genere avvengono di continuo».

«Certo che sì, ma questa non è stata una sparatoria casuale. Devi aver fatto tremare qualcuno, quando hai chiamato il falso

Henry Sheppard e gli hai chiesto di Thomas. Cosa gli hai detto?»

Lilly scrollò le spalle. «Solo che non riesco a trovare un certificato di morte tra le carte di mio zio. Lo zio Will soffre di demenza, sai, quindi ho ripulito la sua casa, dopo che ha dovuto trasferirsi in una casa di riposo».

Jack non la interruppe per farle sapere cosa sapeva di Will Reed.

«Ero in Congo per un viaggio di ricerca medica, quando Thomas è morto e ho scoperto solo ora che è stato cremato. E lui non ha mai voluto essere cremato, perché aveva paura...»

«Del fuoco, per come è morta sua madre», completò la frase Jack.

«Esattamente. E lo zio Will lo sapeva. Non avrebbe mai fatto questo a Thomas. Avrebbe rispettato i suoi desideri. A quanto pare, lo zio Will non ha mai avuto scelta. Secondo il certificato di cremazione che ho trovato a casa dello zio Will, Thomas è stato cremato presso un'impresa di pompe funebri chiamata Peaceful Rest. Ma quando mi sono recata lì per chiedere informazioni sulla cremazione, mi hanno detto che il certificato di cremazione era falso e che non risultava che Thomas fosse stato cremato da loro. Inoltre, quando ho chiamato l'impresa funebre dove è stato effettivamente tumulato, al cimitero di Shaded Pine, mi hanno inviato un documento che dimostrava che lo zio Will aveva acquistato il posto nel muro delle urne e il piano di manutenzione. Il documento riportava la sua firma. Solo che era la sua firma di anni fa, prima che gli venisse il tremore alla mano. Non può aver firmato quel documento».

Jack fu impressionato dalla ricerca di Lilly. «Hai detto a questo tizio della CIA quello che hai scoperto?»

Annuì. «Ho chiesto spiegazioni sul certificato di cremazione. Ma non sa della firma dello zio Will, perché ho ricevuto la telefonata dal cimitero di Shaded Pine proprio prima di scendere al camioncino dei taco».

«Ecco perché vogliono che tu sia tolta di mezzo. Stavi scavando troppo in profondità.

Non vogliono che scopriamo come e dove è morto Thomas. Perché potrebbe condurci a loro».

«Chi *sono*?»

«Non lo so. Ma che io sia dannato, se non darò il massimo per scoprirlo».

«Ho già ordinato il certificato di morte di Thomas all'Ufficio di Stato Civile di Washington, ma ci vorranno settimane, prima che me lo mandino. Non so dove altro cercarlo». Fece un'alzata di spalle, senza speranza. «È così frustrante. Sto girando a vuoto».

«Ho un modo per ottenere il certificato di morte più velocemente». Tirò fuori dalla tasca il suo cellulare.

Lei lo fissò. «Oh, quindi tu puoi avere un cellulare e io no?»

«È un telefono usa e getta». Compose il numero che aveva memorizzato per Fox.

«Sì?» Fox rispose quasi subito.

«Sono Yankee».

«Ehi, che succede?»

«Ho bisogno che tu o Michelle entriate nel sito dell'Ufficio di Stato Civile di

Washington e mi procuriate un certificato di morte per River».

«Ah, merda, è morto?»

«Non ne sono sicuro al cento per cento. Per questo devo indagare».

«Ok. Ti chiamerò appena l'avrò».

10

«River?» Chiese Lilly nel momento in cui Jack chiuse la chiamata. «È il nome in codice di Thomas?».

Jack annuì.

«E Yankee? Sei tu?»

«Esatto».

«Cosa c'era di così speciale, nel programma in cui eravate coinvolti, da doverlo tenere così segreto che non potevate nemmeno dire niente l'uno all'altro? E perché qualcuno dovrebbe darvi la caccia, per questo motivo?» Le domande che aveva erano tante, ma Jack sembrava riluttante a rispondere e lei non disdegnava usare il gioco sporco, per ottenerle. «Mi merito delle risposte. Dannazione, Jack, se quella notte di sette anni fa ha significato qualcosa, per te, allora, per favore, dimmi cosa sta succedendo. Non puoi comparire dal nulla, salvarmi la vita e poi tenerti i tuoi segreti per te».

All'improvviso si rese conto di una cosa. «Come facevi a sapere che ci sarebbe stata una sparatoria? Dimmi almeno questo».

Lentamente, lui annuì. Poi indicò le sue gambe. «Lascia che ti medichi, mentre parliamo».

«Ok». Si sedette sul divano e Jack si accovacciò ai suoi piedi e iniziò a pulire le abrasioni sulle ginocchia con l'antisettico. «Comincia a parlare».

«Probabilmente sto commettendo un grosso errore nel dirti tutto questo, ma, francamente, sono stufo di nascondere ciò che sono».

Le sue parole le sembrarono strane, ma non lo interruppe.

«Sono un precognitivo, una persona che ha visioni su eventi futuri, premonizioni».

Lei si bloccò. «No, non è possibile. I sensitivi non esistono. È solo una truffa».

Jack mosse la testa da un lato all'altro. «A volte vorrei che fosse così, ma oggi sono contento di essere un precognitivo, altrimenti ora saresti morto».

Lei rimase senza fiato. «Mi stai dicendo che hai visto cosa sarebbe successo oggi?»

Lui annuì. «Ho avuto una visione del cecchino che ti sparava in testa. Ti ho visto morire. Ho provato a chiamarti per avvertirti, ma sul tuo telefono c'erano solo interferenze».

«Eri tu? La chiamata mentre aspettavo i taco?»

«Sì. Ho cercato di dirti di correre dentro l'edificio, ma non mi hai sentito. Credo che la stessa persona che ha ordinato di colpirti abbia anche schermato il tuo telefono, forse l'ha anche messo sotto controllo. Non so perché, ma forse sapeva che avrei cercato di avvertirti e...»

«Come? Come poteva sapere che avresti cercato di salvarmi?»

«Non sono l'unico precognitivo. Tutti coloro che hanno partecipato al programma Stargate della CIA avevano il dono della preveggenza. Compreso Henry Sheppard. E potrebbero essercene altri. Qualche mese fa, ho incontrato uno dei miei colleghi agenti che era diventato cattivo, passato al lato oscuro, e devo presumere che ci siano altri che abbiano scelto il lato sbagliato. Per quanto ne sappiamo, chiunque stia cercando di uccidere gli ex agenti di Stargate, potrebbe essere un precognitivo e quindi intravedere qualsiasi cosa stiamo pianificando».

«Oh, mio Dio, come si può combattere contro un nemico del genere?»

«Unendo le forze, trovando tutti gli ex agenti Stargate, uomini come Thomas, e combattendo come una sola entità. Insieme siamo più forti».

«Ecco perché sei qui. Stavi cercando Thomas».

«Sì. Ho parlato con tuo zio per capire se sapesse qualcosa».

«Ma ha la demenza. Non può aiutarti. Non ha più la testa a posto». La cosa la rendeva triste, ma non poteva ignorare la verità.

«L'ho visto. Ma ci sono cose che ha detto che mi fanno pensare che sappia qualcosa. Continuava a dire che era colpa sua, che *lei* lo aveva ingannato. Gli ha mentito. L'hanno mandata loro».

«*Lei*? Chi sarebbe *lei*?»

«Non lo so ancora. All'inizio ho pensato che Thomas potesse aver finto la sua morte. O almeno è quello che ho pensato, quando ho visto che era stato cremato. Ma dopo aver parlato con tuo zio e aver visto il suo dolore, credo che Thomas sia davvero morto. Tuttavia, devo assicurarmene, nel caso in cui sia ancora là fuori ad aspettare che io lo trovi. E anche se fosse davvero morto, il modo e il luogo in cui è stato ucciso potrebbero aiutarci a scoprire chi c'è dietro tutto questo».

«Se puoi guardare nel futuro, non sai già cosa succederà?»

«Non funziona così. Non siamo mai riusciti a capire come dirigere le visioni. Il programma Stargate voleva proprio questo: addestrarci a incanalare le nostre visioni nel futuro a piacimento. Hai mai sentito parlare di visione a distanza?»

Lilly annuì. «Sì, ne ho letto qualche anno fa. Non era un programma segreto di spionaggio che non ha funzionato?».

«Esatto. La CIA ha gestito il programma nei primi anni '90, ma gli agenti reclutati non avevano capacità precognitive. Per questo motivo il programma fallì. Henry Sheppard lavorava già per la CIA, all'epoca e sapeva che avrebbe funzionato, se solo fosse riuscito a reclutare agenti che avessero già il dono della preveggenza. Proprio come lui. Perciò avviò di nuovo il programma, ma nemmeno i capi dell'agenzia ne erano a conoscenza. Io facevo parte di quel programma».

«Quindi puoi vedere il futuro, ma non puoi forzarlo in una direzione specifica? È così?» Lei non riusciva a credere di chiedergli una cosa del genere. Sembrava irreale, ma Jack aveva un'aria seria e, a giudicare dal fatto che aveva saputo in anticipo della sparatoria e l'aveva salvata, le aveva detto la verità.

«Temo di sì. Credo che le visioni siano innescate da reazioni emotive. Ho avuto la visione della tua morte quando ero con tuo zio e ho visto una foto scattata al barbecue di sette anni fa».

Jack mise un cerotto sul ginocchio sinistro di Lilly. «Ecco, dovrebbe andare bene». Poi si alzò dalla sua posizione accovacciata e si sedette accanto a lei, lasciando un po' di spazio tra loro in modo che i loro corpi non si toccassero.

Lilly lo guardò. Il suo viso era cambiato. Era sempre stato bello, ma questo nuovo volto era diverso, ancora più intenso di quello di sette anni prima. I suoi occhi erano sempre gli stessi, di un blu penetrante, e la sua voce era irresistibilmente sexy, come allora. Come aveva fatto a non capire subito chi fosse?

Avrebbe dovuto riconoscere il suo corpo nel momento in cui l'aveva spinta fuori dalla linea di fuoco e l'aveva tenuta sotto di sé. Si era sentita al sicuro, nonostante lo shock iniziale, come se il suo corpo avesse riconosciuto il suo, anche se la sua mente non l'aveva fatto.

«Perché hai fatto un intervento di chirurgia plastica? Hai avuto un incidente?»

«No. Quando Sheppard è stato ucciso e siamo dovuti sparire tutti, ho pensato che fosse la scelta migliore, per non essere riconosciuto dai miei nemici. Col senno di poi, forse non era necessario, ma quel che è fatto è fatto. Nessuno mi ha mai riconosciuto, negli ultimi tre anni di latitanza. Sono riuscito a rimanere a Washington D.C., grazie al mio nuovo volto».

«Sei stato qui a Washington per tutto il tempo?»

«Più o meno».

«Ci siamo mai incrociati, qui?» Chiese, anche se in realtà avrebbe voluto chiedergli se l'avesse osservata da lontano. Se avesse desiderato lei come lei aveva desiderato lui.

«No». Sorrise, ma l'espressione era triste. «Non ci siamo mai incrociati. Forse non sarei riuscito a rimanere nascosto, se ti avessi visto».

La sua rivelazione la sorprese. Significava forse che aveva ripensato alla loro notte insieme, desiderando di più? Si scrollò di dosso il pensiero. Jack non era un tipo sentimentale, almeno Thomas aveva sempre detto questo, di lui.

«La tentazione sarebbe stata troppo grande». Le prese la mano e le strofinò il pollice sul dorso.

Incontrò il suo sguardo e sentì la stessa attrazione magnetica che li aveva fatti incontrare anni prima e che era culminata in un'appassionata notte d'amore.

Il cellulare di Jack squillò. Le lasciò la mano. «Sì?»

Lilly si sedette abbastanza vicino per sentire la voce all'altro capo del filo.

«Ho il certificato di morte. C'è scritto attacco di cuore».

«Stronzate!» Lilly imprecò.

«Chi è?»

Jack sospirò e mise il vivavoce. «Questa è la cugina di River, Lilly. Lilly, ti presento Fox».

«Toglimi subito dall'altoparlante», chiese Fox. «Non puoi lasciare che una civile...»

«È una civile come lo sono Phoebe e Michelle», lo interruppe Jack, anche se Lilly non aveva idea di cosa intendesse dire.

«Perché non l'hai detto? Ehi, Lilly. Hai ragione, è una stronzata. Thomas aveva trentasette anni. Non è possibile che sia morto per un attacco di cuore», disse Fox.

«Puoi mandarmi il documento via sms?» Chiese Jack. «Forse posso parlare con il dottore o il medico legale che ha firmato il certificato di morte».

«Te lo sto inviando ora. Hai bisogno di rinforzi?».

«Per parlare con il funzionario che ha firmato il certificato di morte? No. Me ne occupo io. Fatti sentire».

«Fatti vivo ogni poche ore, così sapremo che sei ancora vivo».

«Lo farò». Jack interruppe la chiamata.

Un attimo dopo, il suo cellulare suonò,

annunciando un messaggio di testo. Jack aprì l'allegato.

«Cosa c'è scritto?» Chiese Lilly.

«È morto qui a Washington». Jack la guardò. «Vado a parlare con la dottoressa Amy Price, che ha firmato il certificato di morte. Resta qui. Sentiti libera di saccheggiare il frigorifero e il freezer, mentre sono via».

«Non è possibile!» Saltò in piedi. «Non puoi mettermi in panchina. Thomas era mio cugino e il mio migliore amico. Vengo con te».

«Assolutamente no. Chiunque abbia ingaggiato il cecchino ti starà cercando. Non puoi farti vedere in giro. È troppo rischioso».

«Allora prestami un cappello e degli occhiali da sole, o qualcosa del genere».

Lui esitò per alcuni lunghi secondi. Poi sospirò. «Bene, ma farai esattamente come ti dico. Ci siamo capiti?»

«Non sono una idiota».

Meno di mezz'ora dopo, i capelli biondi di Lilly erano nascosti sotto una parrucca scura che la faceva assomigliare a Cher e le faceva prudere la testa da morire. Ma questa era solo una parte del travestimento che Jack aveva insistito come condizione perché lei lo accompagnasse. Sul suo naso erano posati degli occhiali così antiquati che nemmeno sua nonna li avrebbe messi. Indossava una camicetta ampia e una gonna orrenda che la faceva sembrare in sovrappeso di quasi dieci chili.

«Sono ridicola», si lamentò.

«No, non è vero. Sembri anonima. Nessuno ti degnerà di uno sguardo, ed è proprio questo, il punto».

Anche Jack aveva cambiato abbigliamento e ora sembrava un contabile. Portava un paio di occhiali con la montatura in metallo e aveva indossato una parrucca con i capelli radi che mostrava un'attaccatura troppo alta e una zona calva in alto.

«Come sto?» Chiese improvvisamente, con un accento del Midwest.

«Sei ridicolo quanto me».

«Bene, allora la tua carrozza ti aspetta».

Lui le fece l'occhiolino e salirono sul furgone. Questa volta Lilly si sedette nella cabina anteriore con lui. Mentre Lilly si stava cambiando, Jack aveva trovato l'indirizzo dove lavorava la dottoressa Amy Price.

«È quasi sera», disse Lilly, mentre attraversavano un quartiere affollato. «E se quella dottoressa non fosse più all'obitorio?».

«Ho anche trovato il suo indirizzo di casa». Le rivolse uno sguardo rassicurante.

Dopo quindici minuti, Jack svoltò in un parcheggio che sembrava familiare.

«Non è lì che hai cambiato auto, prima?» Gli chiese.

«Sì. Lasceremo il furgone qui e prenderemo un'altra auto».

«Non credi che sia un po' paranoico?».

«La paranoia mi ha tenuto in vita, negli ultimi tre anni».

Quando uscirono dal furgone, Jack la accompagnò giù per le scale, a un livello più in basso. Lì, camminò lungo le auto parcheggiate, osservando ognuna di esse.

«Non ti ricordi dove hai parcheggiato l'auto?» Gli chiese.

Lui le lanciò un'occhiata con la coda dell'occhio. «Oh, non ho una macchina, qui». Poi indicò una Honda argentata dall'aspetto piuttosto polveroso. «Quella andrà bene. Sembra che sia qui da sempre. Non mancherà a nessuno».

Lei lo fissò, scioccata. «Vuoi rubare quell'auto?»

«Certo che no».

Prima che lei potesse tirare un sospiro di sollievo, lui aggiunse: «La prendo solo in prestito».

Lei guardò, in egual misura scioccata e impressionata, mentre lui si introduceva abilmente nell'auto e poi collegava i cavi del motore. Pochi istanti dopo, uscirono dal garage con la Honda *presa in prestito* e si diressero verso l'obitorio.

Si trovarono nel traffico dell'ora di punta, quando furono nelle vicinanze. Non potevano fare nulla per andare più veloci. Lilly guardò l'orologio sul cruscotto.

«Ci siamo quasi», disse Jack.

All'improvviso le sirene della polizia suonarono e le auto dietro di loro fecero spazio, guidando il più vicino possibile ai marciapiedi, in modo che l'auto della polizia potesse passare. Lilly aveva il cuore in gola.

«Ci hanno trovato perché hai rubato un'auto», disse Lilly, in preda al panico.

«Stai calma», disse Jack e guardò nello specchietto retrovisore. «Non ci stanno inseguendo. C'è un'ambulanza, dietro l'auto della polizia. Deve esserci stato un incidente».

Quando l'auto della polizia e l'ambulanza passarono davanti a loro senza fermarsi, il battito cardiaco di Lilly tornò normale. Merda, non era fatta per una vita da criminale.

Un isolato prima dell'obitorio, un'auto della polizia bloccava la strada. Jack la vide e svoltò nella strada laterale più vicina.

«Dovremo camminare, da qui», disse e parcheggiò nel posto più vicino che riuscì a trovare.

«Non sei preoccupato di dover passare davanti alla polizia?» Chiese Lilly.

«La polizia è l'ultima delle mie preoccupazioni. Comportati normalmente».

Scesero dall'auto e tornarono indietro dove la polizia stava bloccando la strada che portava all'edificio del medico legale. Molti pedoni curiosi stavano già affollando la scena.

«Riesci a vedere cosa sta succedendo?» Lilly chiese a Jack, che era molto più alto di lei.

«Sembra che un pedone sia stato investito da un'auto». La prese per mano. «Passiamo di qui».

Jack si fece strada tra la folla e Lilly lo seguì da vicino. Lilly diede un'occhiata alla strada dove l'ambulanza era parcheggiata e gli agenti di polizia avevano delimitato la scena.

Erano solo a poco meno di una ventina di metri dall'ingresso dell'edificio del medico legale. Da lì le persone uscivano e correvano verso l'ambulanza.

Lilly sentì una donna gridare. «Oh, no! Amy!»

Jack si fermò improvvisamente e si girà

a guardare la persona che giaceva a terra in mezzo alla strada. Si fece largo tra gli astanti, sempre tenendo la mano di Lilly, fino a raggiungere il cordone di sicurezza. Da lì, Lilly poté vedere che la persona a terra era una donna.

«Che cosa è successo?» Jack chiese a qualcuno accanto a lui.

«Un pirata della strada», disse l'uomo accanto a lui.

«Sa chi è?»

«Non ne ho idea. Ma credo che sia uscita dall'edificio dietro di noi».

Lilly si bloccò. L'edificio alle loro spalle era l'ufficio del medico legale.

«Fatemi passare!» Chiamò una donna dietro di loro e si fece largo tra la folla, fino a raggiungere il cordone accanto a Lilly. «Oh, mio Dio! Amy!»

«La conosce?» Lilly chiese alla donna in lacrime.

La donna singhiozzò. «È la mia collega, la dottoressa Price. Ho visto tutto dalla finestra del mio ufficio». Si lasciò andare a un singhiozzo straziante. «L'auto non ha nemmeno provato a fermarsi...»

Lilly guardò la scena in strada, dove un agente di polizia aveva messo un lenzuolo sulla vittima.

La dottoressa Amy Price era morta.

11

Jack capì subito che la morte della dottoressa Amy Price non era un incidente o una coincidenza. Qualcuno l'aveva uccisa perché non rivelasse come era morto Thomas Reed. Che la dottoressa Price fosse stata complice della morte di Thomas o costretta a firmare un certificato di morte con una falsa causa di morte, era irrilevante. Il risultato era lo stesso: ora solo l'assassino sapeva come era morto Thomas.

Jack riaccompagnò Lilly al rifugio, usando le stesse precauzioni di prima e cancellando le impronte sue e di Lilly dall'auto presa in prestito. Poi Jack contattò Ace e Fox per aggiornarli sull'accaduto e per chiedere loro di controllare le telecamere del traffico nelle vicinanze dell'edificio del medico legale per vedere se potevano fornire qualche indizio sull'assassino della dottoressa Price.

Poi Jack tornò alla piazza dove Lilly era stata quasi uccisa. Ora era buia e tranquilla, anche se la polizia aveva delimitato l'area della sparatoria. Jack non si avvicinò, ma rimase sul lato opposto della strada, non volendo essere notato. Per quello che doveva fare, non aveva bisogno di essere troppo vicino. Si guardò intorno e sorvegliò la zona. Non c'erano telecamere per il traffico, anche se c'erano diverse telecamere di sicurezza all'entrata e all'uscita dell'edificio della Delta Labs, dove lavorava Lilly. Tuttavia, erano puntate troppo in basso e, se le ipotesi di Jack fossero state corrette, il tiratore avrebbe mirato a Lilly da una postazione più alta.

A giudicare dalla direzione del proiettile, il cecchino si trovava in un garage sopraelevato. Jack si recò nel garage e controllò tutti e cinque i livelli, alla ricerca di eventuali segni, come ad esempio i bossoli del fucile del cecchino, ma non trovò nient'altro, se non le impronte di un treppiede su una sporgenza da cui si vedeva chiaramente la piazza. Il cecchino aveva ripulito tutto. Era stato un buco nell'acqua.

Erano le dieci passate, quando tornò al rifugio. Nel garage si liberò del suo travestimento e poi entrò in casa. Jack chiuse la porta in silenzio. Solo le luci della cucina illuminavano debolmente il soggiorno. Lilly era sdraiata sul divano, vestita di nuovo con i suoi abiti, e dormiva. La parrucca e gli occhiali giacevano sul tavolino e i vestiti che l'avevano trasformata in una donna informe erano ordinatamente piegati su una sedia.

Si avvicinò a Lilly con passo leggero. Sul suo volto c'era un'espressione serena che gli ricordò il giorno in cui era sgattaiolato fuori dalla stanza d'albergo, mentre lei stava ancora dormendo.

Prese una coperta e gliela stese

addosso, quando lei improvvisamente gridò e si alzò a sedere. Jack fece un passo indietro e alzò le mani. «Scusa, non volevo svegliarti».

I suoi occhi si concentrarono su di lui. «No, no, va bene, è solo che... sono un po' nervosa». Fece un respiro profondo. «Non posso credere che qualcuno abbia ucciso quella donna solo perché non potesse dirci come è morto Thomas».

«Lo so. Ma le persone che danno la caccia a me e a tutti gli agenti Stargate sono senza scrupoli».

Gli prese la mano e gli fece cenno di sedersi accanto a lei. «Non riesco a immaginare come abbiate vissuto tu e Thomas, negli ultimi tre anni. Per me non è passato nemmeno un giorno e sono già un fascio di nervi».

«Io e Thomas siamo stati addestrati per questo. Tu sei una civile».

«Comunque, a prescindere dall'addestramento, non riesco a immaginare come debbano essere stati gli ultimi tre anni, per te».

Notò lo sguardo che lei gli rivolse. Era uno sguardo di comprensione. Lui sostenne il suo sguardo. «È stato un periodo di solitudine, lo ammetto». Quando lei sembrò avvicinare la testa alla sua, lui aggiunse: «E ogni giorno, da quella notte, mi sono pentito di averti lasciata. Mi sei mancata...»

«Mi hai spezzato il cuore, Jack», mormorò lei dolcemente. «Per molto tempo sono stata così arrabbiata con te, per essertene andato senza dire una parola...» Gli passò la punta delle dita sulla guancia.

Lui le prese la mano e la girò in modo da poterle dare un bacio sul palmo. «Mi dispiace di averti fatto del male. Vorrei che fosse andata diversamente... ma le visioni che ho avuto, le cose che ho visto, avevo bisogno di capirle e Henry Sheppard me ne ha dato il modo. Sono stato in grado di salvare vite, di prevenire catastrofi, grazie a ciò che ho visto. Se non avessi accettato l'offerta di Sheppard...»

Lei gli mise un dito sulle labbra. «Non devi giustificare la tua decisione. Ora capisco. Capisco perché sei dovuto andare via. Avrei voluto saperlo allora. Mi avrebbe comunque spezzato il cuore lasciarti andare, ma non sarei stata arrabbiata con te».

«Grazie», disse lui, con il cuore che si riscaldava, sapendo che lei pienamente disposta a perdonare. «Non è passato giorno in cui non abbia pensato a te». Si tirò indietro, perché la tentazione di baciarla stava diventando troppo forte. «E per quanto volessi stare con te, non potevo chiederti di vivere così... in fuga... sempre nascosta. Tu hai una vita. Una carriera. Non potevo trascinarti in questa situazione».

Lilly scosse la testa. «Era così allora. Ma adesso è diverso. Sono già nel bel mezzo di tutto questo. Almeno con te mi sento al sicuro. Senza di te sarei morta».

Lei si avvicinò e Jack si rese sempre più conto dell'effetto che aveva su di lui. La sua vicinanza accendeva il suo desiderio per lei, il suo bisogno di averla sotto di sé, di sentire la sua pelle contro la sua, le sue labbra sulle sue, il suo cazzo dentro di lei.

«Lilly...» Abbassò la testa verso la sua. «Devi fermarmi, prima che sia troppo tardi, perché non posso prometterti nulla. Non posso offrirti la vita che meriti».

«Non mi importa, di quello. Mi importa solo di te. Di come mi hai fatto sentire sette anni fa. Avevamo qualcosa. E lo rivoglio indietro. Ti prego, non negarmelo. Jack...»

Lilly sfiorò con l'indice il suo labbro inferiore. Il suo tocco fu elettrizzante. Il suo cervello smise improvvisamente di funzionare e l'unica cosa a cui lui riuscì a pensare fu il sapore delle sue labbra.

«Non potrei mai negarti nulla», sussurrò contro le sue labbra prima di catturarle e baciarla.

Lei sapeva di dolce e solo ora lui assaporò appieno il suo profumo e si rese conto che si era fatta una doccia, in sua assenza. La sua bocca era calda e morbida, ma molto diversa da come lo aveva baciato sette anni prima. La donna che teneva tra le braccia stasera era più esigente, non la ragazza quasi timida che aveva portato a letto tanto tempo prima, ma una donna esperta che sapeva cosa voleva. Lo sentiva con ogni fibra del suo essere, sentiva la passione e il desiderio che adesso si scatenavano in lei, come se li avesse tenuti immagazzinati per tutti questi anni.

Il suo desiderio era pari a quello di lei, perché anche lui aveva provato qualcosa di speciale, all'epoca. In realtà, si era innamorato di lei ancor prima di conoscerla. Thomas aveva parlato così tanto di lei, durante le loro missioni, che gli era sembrato di conoscerla. Sapeva cosa le piaceva e cosa no, la sua compassione e i suoi sogni. Il suo sogno di diventare medico e di aiutare le persone era uno dei motivi per cui non aveva mai cercato di riallacciare i rapporti con lei, dopo essere entrato nella CIA. Avrebbe dovuto rinunciare a tutto. Per lui. E lui non voleva che lei facesse questo sacrificio. Ma le circostanze li avevano spinti a tornare insieme e nessuno dei due aveva più scelta. Ma non voleva pensare alle difficoltà che si prospettavano.

Voleva sentire Lilly. Con lei tra le braccia, con il suo corpo premuto sul suo, sentiva che la fiamma che avevano acceso sette anni prima non si era mai spenta. Aveva bruciato sotto la superficie per tutti quegli anni. Ora stava divampando e crescendo fino a diventare un enorme falò che poteva essere spento solo in un modo: alimentandolo ancora di più.

Jack staccò le labbra dalle sue. «Lilly...» Non sapeva cosa avrebbe voluto dire, perché l'unica cosa a cui riusciva a pensare era spogliarla per poter sentire la sua pelle nuda sotto le sue labbra e le sue mani.

«Togliti i vestiti», chiese Lilly, incrociando i suoi occhi con quelli di lui.

«Prima tu». Jack iniziò a spogliarla.

Ma lei non si lasciò scoraggiare. Aprì i bottoni della sua camicia e la strappò. Quando gli mise le mani sul petto, il suo cuore sembrò andare in fiamme. Aveva sognato il suo tocco così tante volte, negli ultimi anni, senza sperare di avere un'altra possibilità di stare con Lilly. Si era rassegnato a quel destino. Ma ora non poteva più accettarlo. Aveva bisogno di riaverla nella sua vita.

Jack sfilò il top di Lilly sopra la testa e lo gettò sul tavolino. Quando il suo sguardo cadde sul reggiseno di pizzo nero che indossava, rimase senza fiato. La sua carne morbida lo invitava a esplorarla. Abbassò la testa verso i suoi seni, senza darle la possibilità di continuare a spogliarlo. Le baciò la valle tra i seni, poi li prese con le mani, prima di far scivolare i pollici sotto il tessuto e accarezzarle i capezzoli. Erano piccoli boccioli duri che rispondevano al suo tocco.

Lilly sussultò. «Jack...»

Impaziente, spinse le spalline da parte per poter far scivolare le mani sotto le coppe del reggiseno e prendere possesso dei suoi bellissimi seni. Li impastò tra le mani, amando la sensazione di farla gemere di piacere.

Lilly lasciò ricadere la testa all'indietro, abbandonandosi al suo tocco, e lui baciò la sua pelle morbida. Il reggiseno cadde improvvisamente e Jack si rese conto che Lilly aveva aperto la chiusura dietro la schiena.

Spinse Lilly all'indietro in modo che si sdraiasse sul divano, poi prese la gonna, aprì la cerniera e gliela tolse. Indossava solo un paio di minuscole mutandine. Lilly lo guardò, facendogli cenno di prenderla. Ci vollero ancora alcuni istanti prima che lui si liberasse dei suoi vestiti. I suoi boxer e le sue mutandine erano le uniche barriere rimaste. La guardò e si godette la vista, prima di liberarla dalle mutandine.

Come un'offerta, giaceva davanti a lui, completamente nuda, con i capezzoli duri e la pelle scintillante. Lui percepì la sua eccitazione e immerse la testa tra le sue gambe per assaggiarla. Lei sussultò, sorpresa, e il suo bacino si inclinò verso di lui, accogliendo la sua bocca e la sua lingua che la esploravano. Aveva il sapore di una fresca mattina di primavera dopo la pioggia e lui si lasciò andare alla fantasia che un giorno avrebbero avuto una vita insieme.

Dietro i boxer, il suo cazzo premeva contro la sua prigione, chiedendo di essere liberato, ma lui non poteva permetterlo, nonostante il suo crescente bisogno.

Sotto di lui, Lilly gemeva e chiamava il suo nome. Lui la stuzzicava con la lingua, la passava sul suo centro del piacere e sentiva la sua eccitazione salire. Lei si strofinò contro la sua bocca.

«Jack! Ti prego, ho bisogno di te dentro di me».

Lui sollevò la testa per un attimo. «Lilly, non posso. Non ho preservativi, qui».

Lei sollevò la testa e lo fissò. «Maledizione, Jack». Poi improvvisamente si mise a ridere. «Prendo la pillola».

Sorrise. «Perché non l'hai detto prima?»

«Non me l'hai chiesto».

Si sollevò da lei e si tolse i boxer. Il suo cazzo completamente eretto saltò fuori.

«Hmm», disse lei e si leccò le labbra.

Prima che lui potesse fermarla, lei si sedette e mise le labbra intorno alla punta del suo cazzo, prendendolo in profondità nella sua calda bocca.

«Cazzo, Lilly!»

Per qualche secondo lasciò che lei lo succhiasse e si godette il suo tocco magistrale. Ma poi si tirò fuori dalla sua bocca. «Stai giocando con un'arma carica, piccola».

«Allora forse dovresti usarla su di me». Lei gli lanciò uno sguardo civettuolo.

«Come desideri».

La spinse indietro sul divano e si sistemò tra le sue cosce, prima di avvicinare il suo cazzo alla sua figa. Sentì la sua umidità e il suo calore, mentre lei gli metteva le mani sui fianchi e lo tirava a sé. Lui si spinse dentro di lei, entrando fino alla base. Chiudendo gli occhi, emise un respiro.

«Cazzo!»

Quando aprì gli occhi, guardò dritto in quelli di Lilly. Lei gli sorrise.

«Mi sei mancato», mormorò.

«Mi sei mancata di più».

Con lunghe spinte, iniziò a cavalcarla, mentre affondava le labbra sulle sue. I loro corpi si muovevano in sincronia, come se l'avessero fatto un milione di volte, mentre in realtà avevano avuto solo una notte insieme. Ma proprio come sette anni prima, erano entrati subito in sintonia. Non aveva mai provato nulla di simile, con una donna. Non aveva mai provato il legame che sentiva con Lilly, con nessun'altra. Sembrava che lei sapesse istintivamente ciò che lui voleva e di cui aveva bisogno, così come lui sapeva come darle piacere senza che lei avesse bisogno di chiedere. Tutto sembrava perfetto, come se fossero fatti l'uno per l'altra.

I muscoli interni di Lilly lo strinsero come un pugno e con la sua umidità gli sembrava di scivolare nella seta calda. Non ne aveva mai abbastanza e trattenne l'impulso di raggiungere l'orgasmo. No, doveva sfruttare al massimo la situazione, prolungare il piacere che si stavano dando a vicenda, perché non sapeva se avrebbero avuto un altro giorno, una settimana o un mese. Aveva bisogno di vivere un'intera vita in questa notte e sembrava che anche Lilly lo sapesse. Uno dei due poteva morire domani o il giorno dopo. La vita non era certa, ma il loro legame sì.

Non era un uomo di molte parole, non sapeva come dire a Lilly quello che provava per lei, ma poteva dimostrarglielo con il suo corpo.

Quando non riuscì più a mantenere il

controllo, la guardò negli occhi. «Lilly», mormorò, non trovando le parole che lei meritava. Per dirle che l'amava, che l'aveva sempre amata. Ma quelle parole portavano con loro una promessa che non poteva fare, per paura di essere costretto a infrangerla, un giorno.

Lilly rabbrividì sotto di lui, Jack si lasciò andare e riversò il suo seme in lei, spingendo forte e in profondità. Quando entrambi si fermarono e il loro respiro si stabilizzò in un ritmo più lento, Jack le posò un bacio leggero come una piuma sulle labbra e le accarezzò il viso.

«Jack?»

«Sì?»

«So che non puoi farmi nessuna promessa... ma...»

«Ma cosa?» Chiese lui dolcemente, sperando che, qualsiasi cosa lei volesse, lui potesse dargliela.

«Promettimi che sarai qui, domani mattina. Solo per questa volta voglio svegliarmi con te».

«Sarò qui. Ma non posso prometterti che

ci sveglieremo insieme». Fece l'occhiolino. «Questo implicherebbe che riusciremo davvero a dormire. E questo non posso garantirlo». Mosse lentamente il suo cazzo ancora semi-eretto avanti e indietro. «A meno che tu non ne abbia avuto abbastanza».

Lilly gli mise entrambe le mani sul sedere per tenerlo vicino a sé. «Sono pronta per il secondo round, ma se hai bisogno di una pausa, ti aspetto».

Ridacchiò. «Dammi cinque minuti e sono tutto tuo».

12

Lilly si svegliò di soprassalto. Per un attimo non ebbe idea di dove si trovasse. Era ancora buio, anche se un po' di luce sembrava entrare nella stanza dai lati delle tende. Il letto non era il suo, ma il suo calore le sembrò familiare e sicuro. Poi si ricordò delle ultime dodici ore.

Accanto a lei, il corpo nudo di Jack luccicava di sudore e si agitava nel sonno. Da lui provenivano dei gemiti e lei capì che era in preda a un incubo.

Era PTSD, il Disturbo da Stress Post-Traumatico? Era molto probabile. Dopotutto, prima di entrare nella CIA era stato un soldato dispiegato in zone di guerra in tutto il mondo.

Lilly accese la lampada sul comodino, proiettando una luce calda sul letto. Mise le mani sulle spalle di Jack per svegliarlo delicatamente. Ma lui continuava a borbottare qualcosa di incomprensibile e muoveva la testa da un lato all'altro. Sotto i suoi palmi, i suoi muscoli si irrigidirono e all'improvviso si scrollò di dosso le sue mani, la afferrò e la gettò sulla schiena. Lilly si ritrovò senza fiato.

«Jack, fermati!» Gridò lei.

Lui si bloccò improvvisamente, continuando a muoversi sopra di lei. Ci volle un altro secondo prima che i suoi occhi si concentrassero e sembrò riconoscerla.

Con un'imprecazione, la lasciò andare e si sedette sui talloni.

«Cazzo! Lilly, mi dispiace tanto. Ti ho fatto male?»

Si alzò a sedere, ancora un po' scossa, ma in buone condizioni. «No, non mi hai fatto niente. Sto bene. Hai avuto un incubo».

Lui fece alcuni rapidi respiri. «Non un incubo. Una premonizione».

«Oh! Le hai nel sonno?» Chiese lei, curiosa, visto che lui non aveva parlato molto di questo argomento, prima.

«No».

«Ma...»

«Quello che voglio dire e che normalmente non mi succede. Le premonizioni mi vengono quando sono sveglio. Questa è l'unica che mi viene nel sonno. E non è la prima volta».

«Stai dicendo che ricevi ripetutamente la stessa visione?»

«Questa sì. E non sono l'unico ad averne. Succede anche gli altri agenti Stargate. Ma nessuno ne ha ancora capito il significato».

«Cosa vedete, tutti?»

«Il punto è proprio quello, tutti vediamo qualcosa di diverso, ma sappiamo di vedere la stessa cosa».

Lei corrugò la fronte. «Mmm, non ha senso. Come fai a saperlo, se tutti vedete qualcosa di diverso?».

«È una sensazione che abbiamo tutti.

Sappiamo che è il gioco finale, un grande evento che dobbiamo prevenire».

Sembrava una cosa sinistra. «Che tipo di evento?»

«Non ne siamo sicuri. C'è stata una forte esplosione, cadaveri, un'onda d'urto...» Si passò una mano tremante tra i capelli. «Sento un'esplosione...» Esitò. «Sono da qualche parte a Washington D.C., vedo la Casa Bianca e poi sento un'onda d'urto che indica che l'esplosione sta avvenendo da qualche parte dietro di me, ma nel momento in cui mi giro, la premonizione finisce».

Ora lei tremava e istintivamente avvicinò il piumino al suo corpo nudo. «Tutte le tue premonizioni si avverano?».

Annuì. «Finora, sì. A meno che non intervenga e ne cambi l'esito, come ho fatto ieri. Non sempre sono stato in grado di fermare ciò che accadeva nelle mie premonizioni, soprattutto negli ultimi tre anni. C'è un rischio».

Lei lo fissò. «Che tipo di rischio?»

«Che sarò riconosciuto».

«Ma hai fatto un intervento di chirurgia plastica. Nemmeno io ti ho riconosciuto».

«Non riconosciuto per il mio volto, ma per quello che faccio: prevenire un disastro imminente. Chiunque stia dando la caccia agli agenti Stargate osserva i telegiornali alla ricerca di persone che potrebbero essere a conoscenza di un incidente o di qualche altra calamità e intervengono».

Il cuore ora le batteva freneticamente. «Pensi che qualcuno abbia visto che ieri mi hai salvato dal cecchino?»

Per un attimo Jack rimase in silenzio, contemplando la sua risposta. «Sì, il cecchino l'ha fatto. È per questo che ho dovuto portarti fuori di lì in fretta e cambiare auto. Sono sicuro che abbia già riferito al suo capo quello che ho fatto. E molto probabilmente il signor Smith ha già fatto due più due e ha capito che sono uno degli uomini a cui sta dando la caccia».

«Aspetta! Il signor Smith? Sai chi è?»

«No, ma sappiamo che si fa chiamare Smith, perché la ragazza di Fox ha avuto contatti con lui».

«Quindi sa che aspetto ha».

«Temo di no. Ha fatto in modo che non lo vedesse mai».

«Merda». Poi si ricordò di un'altra cosa. «Ma questo significa che Smith ora sa che aspetto ha la tua nuova faccia. Voglio dire, se il cecchino l'ha vista».

«C'è quella possibilità, sì, ma dato che non c'erano telecamere, dubito che abbia potuto guardarmi bene, anche se mi ha visto attraverso il suo mirino. Era troppo impegnato a puntare su di te». Alzò le gambe dal letto. «Ma dobbiamo prendere ulteriori precauzioni d'ora in poi».

«Cosa hai in mente di fare?»

«Dobbiamo vedere Ace e Fox. Facciamo una doccia e prepariamoci».

Lei annuì. «Immagino che questo significhi che non potrò tornare al mio appartamento per prendere alcune delle mie cose».

Le lanciò uno sguardo rammaricato. «Temo di no. Cercherò di procurarti quello che ti serve in un altro modo».

«Va bene», disse lei, deglutendo a fatica,

ma accettare il fatto che la sua vita normale era finita e che la sua carriera sarebbe andata a rotoli non era facile.

Forse quando tutto questo fosse finito, quando Jack e i suoi amici avessero trovato il misterioso Mr. Smith e lo avessero fermato, la vita sarebbe tornata alla normalità. Con una differenza: lei e Jack avrebbero avuto la possibilità di vivere insieme.

Per il momento, tutto ciò che aveva erano i pochi oggetti che portava in borsa. Non era molto, ma per il momento doveva bastare.

Si fecero la doccia e si vestirono. Mentre Jack andò in garage, Lilly preparò il caffè. Se ne versò una tazza e poi ne versò una per Jack. Lui era ancora in garage, così lei aprì la porta e lo raggiunse.

Lo trovò sul retro del furgone, accovacciato ad avvitare una targa sul furgone. «Cosa stai facendo?» Gli chiese, quando gli diede la tazza di caffè.

«Ho cambiato la targa, nel caso in cui fosse stata individuata».

«Ma sei stato così attento. Non hai usato il furgone per venire alla Delta Labs. Hai usato un'altra auto». Un'auto che molto probabilmente era stata *presa in prestito*, come quella che avevano usato per raggiungere l'edificio del medico legale.

«Se chi ti sta inseguendo sta controllando le telecamere del traffico, potrebbe averci seguito fino al parcheggio dove abbiamo cambiato auto. È possibile che abbiano seguito tutte le altre auto che uscivano dal garage, quando hanno capito che avevo scaricato la Toyota lì. Tuttavia, ho cercato di utilizzare percorsi che non avessero molte telecamere».

«Quindi pensi che possano avere il numero di targa?»

Jack bevve un sorso del suo caffè. «Sì. E saranno alla ricerca di un furgone bianco». Camminò intorno al furgone, poi aprì un grande armadietto.

Lilly guardò l'interno. «Cosa sono quelle?»

«Decalcomanie», disse Jack e rovistò tra gli oggetti. «Devo camuffare il furgone. Non posso lasciarlo semplicemente bianco. Più riesco a farlo sembrare diverso, meglio è». Tirò fuori dall'armadio diverse decalcomanie di grandi dimensioni. «Vuoi darmi una mano?»

«Certo.» Appoggiò la tazza di caffè sul banco di lavoro.

Jack le consegnò una decalcomania delle dimensioni di una grande valigetta. Su di essa era stampato un numero di telefono e il simbolo del bastone di Esculapio, un segno medico universale.

«La stai facendo sembrare un'ambulanza?» Chiese, dubbiosa.

«Non un'ambulanza». Attaccò un cartello molto più grande su uno dei lati del furgone e lo indicò. «Trasporto medico. Sarà perfetto per il luogo in cui stiamo andando».

«E cioè?»

«Una struttura di riabilitazione».

«Per gli alcolisti?»

«Vedrai».

13

Questa volta Jack non cambiò il furgone con un'auto in un parcheggio. Invece, viaggiarono per circa mezz'ora, facendo molte deviazioni, che Jack disse essere necessarie per assicurarsi che non fossero pedinati, finché finalmente si fermarono davanti a un cancello di ferro.

Lilly lesse il cartello.

Centro di riabilitazione Sober Living.

Dietro i cancelli, vide una grande villa antica, circondata da un giardino lussureggiante con alberi e cespugli maturi. Lilly guardò Jack, che tirò fuori il cellulare.

Non avevano parlato molto, durante il tragitto. Jack si era concentrato sul traffico e guardava costantemente nello specchietto retrovisore, cercando di capire se avessero qualcuno in coda, come diceva lui.

«Ehi, Ace», disse Jack al telefono. «Ti dispiace aprire il cancello? Siamo proprio qui fuori».

Ci fu una breve pausa, poi Jack disse: «Sì, Lilly è con me».

Disconnesse la chiamata e un istante dopo il cancello di ferro scivolò di lato, aprendosi per farli passare. Jack inserì la marcia e lo attraversò. Invece di fermarsi davanti alla casa, girò intorno al lato sinistro, superando un paio di grandi alberi, fino a quando non vide un garage indipendente. Jack fermò il furgone davanti a quello e spense il motore.

Lui la guardò e le strinse la mano. «Vieni, lascia che ti presenti a tutti».

Scesero dall'auto e si avvicinarono alla casa dal retro. Una porta si aprì e rivelò un bell'uomo dai capelli scuri che li stava aspettando. Sembrava avere tra i 35 e i 40 anni. Il suo abbigliamento era informale, ma il suo sguardo era vigile.

Invece di salutare, si rivolse a Jack. «Ti sei assicurato che nessuno ti seguisse?»

«Abbiamo fatto qualche deviazione. Siamo al sicuro».

«Bel tocco, con il furgone», disse e lo indicò. Poi rivolse a Lilly una lunga occhiata, prima di allungare la mano in segno di saluto. «Io sono Ace. Ma puoi chiamarmi Scott. Piacere di conoscerti, Lilly. Mi dispiace per la tua perdita».

Lilly gli strinse la mano. «Grazie».

«Entriamo», suggerì Ace, e rapidamente entrarono e si chiusero la porta alle spalle.

Si trovavano in una grande cucina abitabile che sembrava poter ospitare un esercito. Era pulita, a parte alcune tazze di caffè sul bancone. L'odore di pancetta aleggiava nell'aria, facendo venire a Lilly una fame improvvisa. La sera precedente aveva fatto uno spuntino con qualche cracker e formaggio, mentre aspettava il ritorno di Jack. E nemmeno il caffè di questa mattina le aveva riempito la pancia.

«Hai fame?» Chiese Jack.

«Non ti preoccupare», disse lei rapidamente.

Mentre Ace li conduceva attraverso la cucina, entrarono in un ampio atrio. Lilly si guardò intorno. Era tranquillo, come se la casa fosse deserta.

«Questa non è una struttura di riabilitazione, vero?» Chiese.

«Solo all'esterno», disse Ace. «Tiene lontani i vicini curiosi». Poi indicò una porta. «Da questa parte».

Ma quando raggiunsero la porta, una voce femminile giunse dalle scale.

«Ehi Jack, hai portato Lilly, eh?».

Lilly si girò e vide una giovane donna incinta che scendeva le scale.

«Non avevo molta scelta», disse Jack. «Il sicario ci riproverà».

«Lilly», disse Ace, «ti presento la mia fidanzata, Phoebe».

Lilly notò il sorriso tenero di Phoebe quando lei guardò Ace. Poi si staccò da lui e si avvicinò a Lilly.

«È un piacere conoscerti».

«Anche per me è un piacere conoscerti, Phoebe».

«Posso chiederti un favore?» Chiese Jack rivolgendosi a Phoebe. «Lilly non può tornare a casa sua e non ha nient'altro con sé, a parte la borsetta...»

«Non dire altro», lo interruppe Phoebe. «Tra me e Michelle, avremo un sacco di vestiti e scarpe da prestarle». Poi sorrise a Lilly. «Sei più o meno della mia taglia». Ridacchiò. «O come era la mia taglia prima di questo». Si mise una mano sul pancione.

«Grazie, sei molto gentile».

«Perché non porti Lilly di sopra», suggerì Ace, «mentre noi ci mettiamo in pari con le cose?».

«Vieni con me», disse Phoebe.

Lilly esitò.

«Va tutto bene», disse Jack. «Qui sei al sicuro». Lanciò un'occhiata ad Ace. «La tua offerta di dormire qui è ancora valida?»

«Assolutamente sì». Ace guardò la sua fidanzata. «Puoi farli sistemare nella stanza degli ospiti sul davanti?».

«Certo, vieni», disse Phoebe.

Questa volta Lilly seguì il suo invito e, fianco a fianco, salirono la grande scalinata.

«Questa è una casa bellissima», osservò Lilly.

«Sì, non è vero? Appartiene a Scott».

«Vivete solo voi due, qui? Voglio dire, non è un centro di riabilitazione, giusto? È solo una facciata», aggiunse Lilly.

«Sì, siamo solo noi due... e presto questo maschietto si unirà a noi».

«Sai già il sesso del bambino? Non avevo capito che si potesse sapere così presto. Non puoi essere di più di cinque mesi».

«Hai un buon occhio», disse Phoebe. «So il sesso del bambino solo perché Scott ha avuto una premonizione. Sa già che aspetto avrà il nostro bambino».

Mentre Phoebe apriva la porta di una grande camera da letto, Lilly disse: «Sto ancora cercando di abituarmi al fatto che i veri sensitivi esistono».

«Beh, a loro piace essere chiamati precognitivi, ma sì, sono dei sensitivi.

Meglio così, altrimenti non sarei nemmeno qui».

Lilly guardò Phoebe. «Che cosa è successo?»

Phoebe si diresse verso una grande cabina armadio e Lilly la seguì.

«Uno psicopatico ha chiuso me e due dozzine di bambini in uno scuolabus e lo ha fermato sui binari del treno».

«Oh, mio Dio!»

«Scott ha avuto una premonizione e ha salvato me e tutti i bambini. Ancora rabbrividisco per quello che sarebbe potuto accadere, se non fosse arrivato in tempo».

«Posso solo immaginare quanto dovevate essere terrorizzati tu e i tuoi studenti. Quindi sei un'insegnante?».

Lei rise e scosse la testa. «Non avrei la pazienza per una classe di bambini di terza elementare. No, sono una giornalista. Beh, lo ero, prima di dovermi nascondere con Scott».

Lilly annuì. «Sì, credo che ora mi stia nascondendo anch'io».

«Scott mi ha raccontato quello che è

successo ieri, dopo che Jack lo ha chiamato. E poi ho visto il servizio al telegiornale. Devi essere scossa».

«All'inizio era tutta adrenalina e non capivo bene cosa stesse succedendo. Poi ho realizzato tutto dopo, sai?»

«È sempre così. Ma ora sei qui e ti terremo al sicuro». Poi indicò i vestiti. «Ora vediamo se alcune di queste cose ti stanno bene. Sei anche fortunata. Ho appena ordinato della nuova biancheria intima ed è ancora nella sua confezione originale. Puoi prenderla. E sono sicura che anche Michelle abbia alcune cose che potrebbero andare bene per te. Qual è il tuo numero di scarpe?»

«Porto il 38».

«Io il 39, ma credo che Michelle possa essere della tua taglia».

«Ho sentito il mio nome?» La voce di una donna arrivò dalla camera da letto.

«Siamo nella cabina armadio, Michelle», disse Phoebe.

Un attimo dopo, una donna di trent'anni con i capelli scuri fece capolino. «Ehi! Tu devi essere Lilly. Io sono Michelle, la ragazza di Nick».

«Ciao Michelle, piacere di conoscerti». Lilly le strinse la mano.

«I ragazzi hanno detto che eri qui a rovistare tra i vestiti», disse Michelle.

«Sì», disse Phoebe, «Lilly non può andare a casa sua, quindi ha bisogno di alcune cose. Porta il numero 38 di scarpe. Qual è il tuo numero?»

«Mi dispiace, porto il 37. Ordiniamo qualche paio di scarpe», suggerì Michelle, che tirò fuori il cellulare e iniziò a scrivere. «Prendiamo delle scarpe da tennis, dei sandali...»

Guardò le scarpe di Lilly, che erano delle décolleté che indossava per andare al lavoro, ma che ormai le facevano male ai piedi.

«Sì, probabilmente non vuoi qualcosa di troppo elegante. Io voto sempre per scarpe comode, nel caso in cui si debba correre». Michelle e Phoebe si scambiarono un'occhiata.

«Sono d'accordo», disse Phoebe.

«Ok», disse Lilly. «Lascia che ti dia la mia carta di credito per l'ordine».

Si mise a frugare nella borsetta, ma Michelle le mise una mano sul braccio per fermarla.

«Dovrai dimenticarti di avere una carta di credito. Non puoi più usarla o qualcuno ti rintraccerà».

«Ma poi come, cioè, cosa farò per avere dei soldi?»

«Ci penso io», disse Michelle.

«Ma non posso prendere i tuoi soldi».

Michelle sorrise. «Oh, non sono soldi miei».

Lilly la fissò, confusa. «Allora di chi sono, i soldi?».

«Di qualche oligarca russo o di altre persone ricche che hanno perso il conto di quanto hanno», disse Michelle con leggerezza. «Faccio girare le cose in modo che nessuno venga a sapere cosa sto facendo».

«Come?»

«Sono una hacker. È davvero molto

semplice, quando sai cosa fare». Scrollò le spalle.

«Ed è una manna dal cielo», disse Phoebe. «Altrimenti, io e Scott non saremmo stati in grado di mantenere questa casa per molto tempo. Eravamo quasi al verde, fino a circa una settimana fa, quando abbiamo trovato Nick e Michelle. La casa appartiene a Scott, anche se non è intestata a lui, in modo che i suoi nemici non possano trovarlo, ma nessuno di noi due può avere un lavoro, non mentre Scott è in fuga. E abbiamo dovuto spendere un bel po', per rafforzare la sicurezza, qui. Questo posto è stato abbandonato per anni dopo l'omicidio di suo padre».

«Suo padre? Anche lui era nella CIA?»

«Sì, gestiva il programma a cui partecipavano Scott, Nick e Jack».

«Stai dicendo che Henry Sheppard era il padre di Scott?»

Phoebe annuì. «Il suo padre adottivo».

Non c'era da stupirsi che Jack fosse così sicuro che l'uomo con cui Lilly aveva parlato al telefono non fosse Henry Sheppard.

Lilly fece un grosso respiro. «È tutto così intenso».

Phoebe le rivolse un sorriso gentile. «Che ne dici se prepariamo un po' di tè e facciamo uno spuntino e ti aggiorniamo su tutto quello che devi sapere?»

«Mi sembra perfetto», rispose Lilly.

14

Nel centro nevralgico della villa, la sala computer con la vernice grigio scuro, Jack aggiornò Ace e Fox su tutto ciò che aveva scoperto durante la ricerca di Thomas Reed, a partire dalla visita al padre di River nella casa di riposo e dalle stranezze dell'anziano, alla sua premonizione sul possibile assassinio di Lilly, fino alla morte della dottoressa Amy Price per mano di un pirata della strada.

«Cazzo!» Ace imprecò. «Quella dottoressa sapeva sicuramente qualcosa che i nostri nemici non vogliono che scopriamo. Deve esserci un rapporto o qualcosa che ha scritto, prima di rilasciare il certificato di morte. Dovrebbe esserci qualcosa nei suoi archivi».

Fox era già seduto al suo computer e batteva sulla tastiera. Era un hacker di talento e, sebbene anche Jack avesse alcune abilità del genere, Fox era un professionista. «Sto controllando. Dammi un minuto o due per entrare nel loro sistema».

Nel frattempo, Jack e Ace continuarono a parlare.

«Quindi pensi che Thomas sia davvero morto?» Chiese Ace.

Jack annuì. «Temo di sì. Se avesse solo finto la sua morte, la dottoressa Price sarebbe ancora viva. No, ora mi è chiaro che è stato ucciso da Smith e dai suoi amici. E non vogliono che scopriamo le modalità della sua morte. Altrimenti non ci sarebbe stato motivo di uccidere la patologa che ha firmato il certificato di morte, e nemmeno di falsificare il certificato di cremazione. O addirittura per cremarlo, quando so che era contrario alla cremazione. Non volevano che trovassimo il corpo, perché ci aiuterebbe a capire cos'è successo».

«E probabilmente ci condurrebbe a Smith. Sono d'accordo», disse Ace. «La domanda è come». Guardò sopra la sua spalla dove Fox stava lavorando. «Qualcosa?»

«Sto sfogliando i fascicoli adesso», ha detto Fox. «Ma a prima vista non c'è nulla su Thomas Reed. Ho cercato in tutte le cartelle. Se c'era un file su un'autopsia eseguita lì sotto la supervisione della dottoressa Price, qualcuno l'ha cancellato. Ma volete che vi dica la mia? Non c'è mai stato nessun file».

Jack annuì. «Ha senso. Non vogliono una traccia cartacea sulle modalità di morte di River. E con la morte della dottoressa Price, questo è un vicolo cieco».

«Fox, ti viene in mente qualcos'altro che potrebbe aiutarci a capire dove si trovava River o cosa ha fatto nelle settimane precedenti la sua morte?» Chiese Ace.

Fox si allontanò dal computer. «Se avesse avuto un cellulare con sé, anche se fosse stato un telefono usa e getta, se ne conoscessimo il numero, avremmo la possibilità di rintracciare i suoi spostamenti. Ma voi sapete bene quanto me che sarebbe stato più prudente e non avrebbe rivelato il suo numero a qualcuno di cui non si fidava».

«Ecco», disse Jack. «Forse ha chiamato Lilly. Erano molto legati». Si alzò. «Vado a chiamarla». Prima che raggiungesse la porta, si sentì un leggero tintinnio provenire da un altoparlante sul soffitto.

«Michelle, puoi portare Lilly nella sala computer?» Fox disse attraverso l'interfono.

Jack gli lanciò un'occhiata. «Figo».

Ace sorrise. «Ci fa risparmiare un sacco di corse in giro».

«Devi aver fatto un sacco di migliorie alla casa. Non può essere costato poco», commentò Jack.

«Ho investito tutti i miei soldi, ma mantenere questa casa è un'altra cosa». Ace indicò Fox. «Per fortuna questo ragazzo e la sua ragazza hanno avuto un'idea brillante: rubare ai ricchi per sostenere una buona causa».

«La buona causa è quella di rimettere insieme Stargate», intervenne Fox.

«Stai dicendo che stai violando i conti bancari dei ricchi per finanziare tutto questo?» Chiese Jack.

Fox sorrise. «Non persone ricche qualsiasi, ma persone ricche che nascondono i loro soldi al fisco. Quindi, in effetti finanziati dal governo, perché il denaro che sottraiamo sarebbe andato al fisco».

«Sei un vero e proprio Robin Hood». Jack rise. «Ace, cosa facevi, per avere dei soldi prima che arrivassero Fox e Michelle? Voglio dire, sono comparsi sul tuo radar solo dieci giorni fa».

«Che tu ci creda o no, ho riparato motociclette per oltre tre anni, risparmiando fino all'ultimo centesimo. E mi è rimasto un po' di denaro da mio padre. Mi è servito per tutte le manovre legali che ho dovuto fare per tenere questa casa e assicurarmi che nessuno sappia che è ancora mia». Poi si girò con il mento verso Jack. «E tu? Come hai fatto a mantenere la testa fuori dall'acqua?»

«Dopo aver speso i miei ultimi soldi in chirurgia plastica per poter rimanere a Washington, ho lavorato come freelance per un garante delle cauzioni, ogni volta che avevo bisogno di soldi».

«Un cacciatore di taglie?» Fox chiese e scosse la testa. «Perché non ci ho pensato? Io, invece, facevo lo schiavo come designer freelance di siti web».

«Probabilmente hai guadagnato di più facendo quello di quanto ho fatto io con le occasionali taglie che ho portato», disse Jack.

La porta si aprì improvvisamente ed entrò Lilly. «Ehi».

«Lilly, lui è Fox», disse Jack.

«Puoi chiamarmi Nick», disse e alzò la mano in segno di saluto.

«Ehi, Nick. Piacere di conoscerti». Poi guardò Jack. «Volevi vedermi?»

«Sì, stavamo parlando di Thomas e ci chiedevamo se ti avesse chiamato nelle settimane precedenti la sua morte», disse Jack.

«L'ultima chiamata che ho ricevuto da lui è stata circa due settimane prima della sua morte, credo».

«Hai visto il numero da cui ti ha chiamato?» Chiese Jack.

«No, le sue chiamate risultavano sempre come Chiamata Privata o Numero Sconosciuto».

«Sei sicura?»

Lilly sospirò. «Ne sono sicura e ti mostrerei la cronologia delle chiamate, ma hai buttato il mio cellulare fuori dall'auto».

Jack iniziò a scusarsi. «Ehm...»

Ma Fox lo interruppe. «Non preoccuparti, posso controllare, se mi dai il tuo numero. Nel frattempo, Jack ha detto che hai trovato l'identificativo di tuo cugino e il numero di Henry Sheppard in un nascondiglio destinato a te?»

«Esatto».

«È tutto quello che ti ha lasciato? Nessun altro documento? Nient'altro?» Chiese Fox.

«No, è tutto... ah, a parte una chiavetta USB vuota. Mi dispiace di non poterti essere di maggiore aiuto...»

«Una chiavetta vuota?» Chiese Fox, sembrando eccitato. «Ce l'hai ancora?»

«Ma è vuoto. Ho controllato io stessa».

«Potrebbe non essere vuoto», disse Fox. «L'hai tenuta?»

«Credo di averla messa nella mia borsetta». Aprì la borsa e vi rovistò dentro. Dopo un'eternità, produsse una chiavetta USB. «È questa».

La consegnò a Fox che la inserì immediatamente in una porta USB e iniziò a digitare sulla sua tastiera. Jack si avvicinò e guardò lo schermo da sopra le sue spalle.

«Stai cercando una cartella di file nascosta?» Chiese Jack.

«Sì. River ha ricevuto lo stesso addestramento di tutti noi. Sebbene non fosse un genio dell'informatica come me», disse Ace, ridacchiando dietro di loro, «avrebbe saputo come nascondere una directory in modo da far sembrare che la chiavetta sia vuota».

All'improvviso, si aprì una finestra sullo schermo e ci fu un segnale acustico.

«Voilà!» Disse Fox. «Proprio come pensavo. Ora ci serve solo una password».

Lilly si mise accanto a Jack per guardare lo schermo. «Wow, avevi ragione».

«Sì, succede spesso», disse Fox.

«Puoi cliccare su questo punto, dove c'è scritto 'suggerimento password'?» Chiese lei.

Fox ci cliccò sopra e apparve una domanda. «Quale coniglio, se non uno vecchio, mette i piedi in una pentola senza coperchio?» Lesse ad alta voce. «Non ha alcun senso, cazzo».

«Oh, mio Dio, il nostro codice», disse Lilly, con il volto sconvolto.

«Quale codice?» Chiese Jack.

«Quando eravamo bambini, io e Thomas abbiamo sviluppato un codice per inviarci messaggi segreti, in pratica e-mail che richiedevano una password. E il suggerimento era sempre nell'oggetto». Scosse la testa, con le lacrime che improvvisamente le riempirono agli occhi.

«Thomas aveva ragione. L'aveva sempre saputo».

«Saputo cosa?» Chiese Jack.

«All'epoca pensavo che fosse una cosa stupida. Mi disse che un giorno avrei avuto bisogno di una password e lui non sarebbe stato lì per darmela. Avrei dovuto scoprirla da sola. È stato lui a inventare il gioco. Me l'ha inculcato lui». Lei fissò gli occhi su Jack. «L'aveva visto. L'aveva visto già allora. Adesso tutto ha senso».

Jack le prese la mano e la strinse. «Stai dicendo che aveva previsto tutto questo?»

«Sì».

Fox si guardò alle spalle. «Come funziona?»

«Sto cercando di ricordare. Ogni parola è un segnaposto o un contatore di qualcosa. La frase ha quindici parole. Quindici è il numero di ore, il che significa che sono le 3 del pomeriggio. Il coniglio è un animale, quindi 1a. Vecchio, all'epoca, significava chiunque avesse più di sessant'anni, quindi è >60. La parola 'senza' significa che devi sottrarre il numero di parole che la seguono, quindi è -2. Quindi la password è 3POM1a>6Ø-2».

«Sei sicura?» Chiese Fox.

«Digita».

Fox digitò la password e un istante dopo si aprì una cartella che rivelava un file video. Ci cliccò sopra.

Il video andò in riproduzione. Fu subito chiaro che chiunque avesse registrato il video lo aveva fatto clandestinamente e attraverso un vetro sporco. Nonostante ciò, Jack riconobbe che l'ampio spazio era una sorta di magazzino. Il pavimento era in cemento e sul soffitto a vista non verniciato c'erano grandi prese d'aria e luci. Su un lato del magazzino c'erano delle casse, sull'altro vari macchinari in diversi stati di assemblaggio, come se qualcuno stesse costruendo una fabbrica.

«Sembra una macchina per la risonanza magnetica», disse Ace e indicò la grande apparecchiatura circolare.

«Sì, sembra simile, ma non ne ho mai visto una così grande», disse Lilly. «Inoltre, nessuno metterebbe delle attrezzature mediche in un posto che chiaramente non è sterile. Sembra sporco».

La telecamera si spostò a sinistra. C'erano scaffali con bottiglie di vetro color ambra, sacche per flebo, scatole con aghi ipodermici e tubi utilizzati per le infusioni. Accanto agli scaffali c'era un mobile, ancora parzialmente avvolto in un telo.

«Sembra un tavolo di trattamento per una clinica», commentò Lilly. Poi avvicinò la testa allo schermo. «Oh, mio Dio».

«Cosa c'è?» Chiese Jack.

Indicò un punto. «Credo che queste siano cinghie, come se questo tavolo di terapia fosse destinato ad avere qualcuno legato sopra. L'unica volta che ho visto una cosa del genere è stato quando ho fatto il tirocinio in psichiatria».

Ace si rivolse a Lilly. «Per cosa lo usavano?»

«Pazienti violenti. A volte gli inservienti avevano difficoltà a tenere calmi i pazienti, quando dovevano somministrare le cure, così legavano il paziente al tavolo con queste cinture di cuoio, come si vede nei film quando mostrano una sedia elettrica».

Jack si scambiò uno sguardo con Ace e Fox. Entrambi sembravano preoccupati. Il video si concluse.

«Pensi che sia stato questo a far uccidere Thomas?» Chiese Jack.

Ace prese fiato. «Dobbiamo supporre che abbia fatto la registrazione e che abbia significato qualcosa, per lui. Abbastanza da nasconderla per farla trovare a Lilly». Mise una mano sulla spalla di Fox. «Puoi scoprire dove è stato registrato il video?»

Fox annuì. «Dovrebbe avere i dati geografici incorporati, da qualche parte. Se River voleva che lo trovassimo, non avrebbe eliminato quei dati».

Fox impiegò solo poche digitazioni prima di trovare i dati che stava cercando. «Eccole, le coordinate GPS del posto». Aprì un'altra finestra e ci incollò i dati del GPS. Si aprì una mappa. Al centro, una bandiera rossa indicava la posizione richiesta.

«È vicino a Great Falls, in Virginia, circa a metà strada fra qui e l'aeroporto internazionale di Dulles», disse Jack. «Penso che dovremmo andare a dare un'occhiata».

«Sono d'accordo», disse Ace. «Io e te ci andremo stasera».

«Posso coprirvi le spalle da qui», disse Fox.

«Come?» Chiese Jack.

«Michelle e io possiamo entrare in un satellite e riposizionarlo per avere una visuale dell'area e assicurarci che non stiate cadendo in una trappola. Ci vorrà un po' di tempo, ma dovremmo farcela, per stasera. Non ha senso andare prima che sia buio e tranquillo».

«Vengo anch'io, con te», disse Lilly e guardò Jack.

«Assolutamente no», disse Jack. «Qui sei più al sicuro».

Lei scosse la testa. «Hai bisogno di me». Indicò il monitor. «È un'apparecchiatura medica. Io sono un medico. Riconoscerò quello che sto guardando. Sarò in grado di dirti con cosa abbiamo a che fare. È chiaro che ci sono dei farmaci, su quegli scaffali.

Devo vederli da vicino per capire a cosa servono. Potrebbe essere importante».

Jack la fissò, combattuto tra il voler tenere Lilly al sicuro e il permetterle di accompagnarli, in modo da poter mettere a disposizione la sua esperienza.

«Dannazione, Jack, Thomas era mio cugino. Devo scoprire cosa ci facesse lì. E posso essere d'aiuto».

«Bene».

Lui sperava di non doversi pentire di questa decisione.

15

Dopo un pranzo abbondante, Jack e Lilly ricevettero un corso accelerato sulle caratteristiche di sicurezza della villa e poterono sistemarsi nella stanza che sarebbe stata la loro per il prossimo futuro. Lilly si cambiò con i vestiti che le aveva prestato Phoebe e nel tardo pomeriggio arrivarono le scarpe che Michelle aveva ordinato per lei online.

Jack portò la borsa che aveva preparato per sé, che consisteva di vestiti e di qualsiasi oggetto che potesse ricondurre a lui in caso di ritrovamento, come alcune foto e alcuni dispositivi elettronici, oltre alle sue armi. La casa che aveva considerato il suo rifugio per la maggior parte degli ultimi tre anni era ormai priva di qualsiasi effetto personale.

Aveva anche portato una scatola piena di oggetti che usava per travestirsi: parrucche, barbe, occhiali e cappelli, oltre a trucco da scena. La stanza che Phoebe aveva preparato per loro era ampia e confortevole, aveva un bagno privato e un grande armadio per riporre le poche cose che avevano portato.

Mentre Lilly faceva un pisolino per prepararsi alla lunga notte che li aspettava e recuperare il sonno perduto la notte precedente, Jack passò il pomeriggio in cucina, dove pulì le sue armi. Era abituato a cavarsela con poco sonno. Inoltre, negli ultimi tre anni aveva sempre dormito con un occhio aperto, senza mai rilassarsi completamente.

Fox e Michelle erano impegnati ad hackerare un sistema di controllo satellitare, mentre Ace raggiunse Jack in cucina.

«Da quanto tempo stai insieme a Lilly?» Chiese Ace, versandosi una grande tazza di caffè.

«Ci siamo conosciuti sette anni fa a un barbecue a casa di Will Reed, il padre di Thomas», disse Jack.

«Questo non risponde alla mia domanda».

Avrebbe dovuto sapere che Ace non si sarebbe fatto ingannare dalla formulazione accurata della risposta di Jack. Dopo tutto, si erano addestrati insieme alla Fattoria. Jack guardò dritto in faccia il suo collega agente Stargate.

«Sei ancora in gamba», disse Jack.

«Per forza, altrimenti sarei morto». Ace bevve un sorso del suo caffè. «Fammi indovinare: vi siete messi insieme solo pochi giorni fa».

«Quasi vero. Abbiamo avuto una storia, sette anni fa. L'ho interrotta quando sono entrato nel programma di Sheppard. Sei a conoscenza delle sue condizioni».

Ace annuì. «Tagliare tutti i legami. Pensava che sarebbe stato più sicuro per tutti noi. Per quanto amassi mio padre, si sbagliava, anche se aveva agito con il suo cuore».

«Si stava prendendo cura di tutti noi. Se non fosse stato in grado di inviarci un messaggio telepatico quando sono andati a prenderlo, ora saremmo tutti morti».

«Vorrei sapere come ha fatto, a farlo. Non sono mai riuscito a comunicare telepaticamente con gli altri precognitivi. E tu?»

Jack scosse la testa. «No. Posso solo supporre che, avendo il suo dono da molto più tempo di tutti noi, avesse imparato alcune cose che potrebbero essere ancora nel nostro futuro. Oppure il fatto che ci conoscesse tutti personalmente gli ha reso più facile incanalare il suo dono, in qualche modo».

«Potremmo non scoprirlo mai. Dobbiamo lavorare con quello che abbiamo». Ace fece una pausa per un momento. «Fox mi ha detto che anche tu hai la premonizione del giorno del giudizio».

«È così che lo chiamiamo, adesso?» Si

lasciò sfuggire una risata amara. «Immagino che sia un'etichetta come un'altra. L'ho avuta di nuovo, ieri sera. Sta diventando sempre più frequente».

«Come se l'evento si stesse avvicinando?»

«Sì, è anche la mia ipotesi».

«Cosa vedi?»

«La Casa Bianca. La sto fissando e poi sento un'esplosione alle mie spalle e percepisco l'onda d'urto. È enorme». Alzò il mento verso Ace. «E tu?»

«Sto correndo verso un edificio, ma non riesco a raggiungerlo. Vedo sei Marine che trasportano una bara dalla stiva di un aereo. Una bandiera americana è drappeggiata sopra di essa. Poi c'è un'esplosione, ma, come te, non riesco a capire dove sia. Sento il calore e l'onda d'urto dell'esplosione».

«Quindi non sai dove ti trovi?»

Ace scosse la testa. «No, ma la mia ipotesi migliore è che sia vicino a un aeroporto militare».

«La Joint Base Andrews è la più vicina a Washington», disse Jack. «Perché se io sento l'onda d'urto guardando la Casa Bianca e tu senti l'onda d'urto in un aeroporto militare, deve essere vicino».

«Sono d'accordo. Ma non sono sicuro di come la premonizione di Fox si colleghi a questo».

«Lui cosa vede?»

«Si trova sulla terrazza di una grande casa in riva a un lago. Vede le barche a vela. Qualcuno gli porge un grosso bicchiere di tè freddo e lui ha sete, ma quando beve si sente paralizzato. Cerca di fare qualcosa al computer per fermare un orologio che fa un conto alla rovescia. Ma non ci riesce. Poi sente l'onda d'urto che solleva le barche dall'acqua».

«Non c'è un grande lago nelle vicinanze di Washington D.C. E se non si trattasse di un lago, ma di un fiume molto ampio?»

Per un breve momento, Ace contemplò l'idea. «È possibile. Ci sono barche a vela sul Potomac, che in alcune zone diventa piuttosto largo».

«Esatto. Fox potrebbe aver visto un fiume, non un lago. Ciò si ricollegherebbe a ciò che sto vedendo io: qualunque sia l'imminente sventura di cui la premonizione ci sta avvertendo, si trova a Washington D.C.».

«Ho avuto anche io delle teorie, in merito», disse Ace. «Sappiamo che il nostro misterioso Mr. Smith ha cercato di costringere Michelle a trovare Fox mentre stava entrando nei server della CIA».

Jack annuì. Michelle e Fox gliene avevano parlato solo dieci giorni prima. «Sì, e allora?»

«Credo che Smith faccia parte della CIA. Ecco come fa a sapere del programma top-secret Stargate. Anche se mio padre ha gestito il programma in modo non ufficiale, c'è ancora la possibilità che qualcuno nella sua orbita ne sia venuto a conoscenza. E per qualsiasi motivo, Smith lo ha ucciso o fatto uccidere. E poi ha iniziato a dare la caccia a tutti noi. Il programma deve aver rappresentato una minaccia per lui e per qualsiasi cosa stia pianificando».

«Quindi pensi che sia una talpa nella CIA? Che lavora per un governo straniero?»

Ace scrollò le spalle. «È possibile, ma non necessariamente. Potrebbe semplicemente rappresentare una minaccia interna per il governo degli Stati Uniti. Non è necessario coinvolgere un paese straniero. Ci sono molte persone negli Stati Uniti, degli americani, che vorrebbero rovesciare la democrazia».

«Qualcuno deve avere le tasche piuttosto profonde, per finanziare una cosa del genere», disse Jack.

«E connessioni nei posti giusti».

«Quindi pensi che Smith sia un pezzo grosso della CIA?»

«È una cosa che dobbiamo considerare. Sto facendo lavorare Fox per ottenere informazioni su chiunque nella CIA abbia una posizione abbastanza elevata, con il potere e l'accesso che riteniamo Smith possa avere. Michelle conosce la sua voce, ma non è un lavoro facile. Non ci sono molte informazioni pubbliche su chi lavora per la CIA, a parte il direttore, e Michelle lo ha già escluso. La sua voce è decisamente diversa da quella di Smith».

«Allora, come fa Fox a trovare altri agenti della CIA?»

«Sta creando un sistema per acquisire i numeri di targa di tutte le auto che entrano ed escono da Langley, per poi risalire ai loro proprietari».

«Cazzo, ci saranno migliaia di auto».

«Non ho detto che sarà facile. Per questo spero che stasera in quel magazzino troveremo qualcosa che ci porterà a Smith più velocemente».

«Lo speriamo in due».

16

Quando Ace, Jack e Lilly arrivarono al magazzino dalla registrazione video di Thomas, era buio pesto. Lilly non riusciva nemmeno a vedere i lampioni. La sorveglianza di Fox aveva confermato che nessuno era entrato o uscito dall'edificio nelle ultime quattro ore, da quando Fox aveva stabilito la sorveglianza satellitare.

«Sembra deserto», disse Lilly, quando Ace fermò il SUV.

«Sembra di sì», concordò Jack, «ma potrebbe essere una trappola».

Ace annuì dal posto di guida. «Controlla le comunicazioni».

Lilly toccò l'auricolare che Ace le aveva dato prima di lasciare la villa. Ace e Jack avevano lo stesso tipo di auricolare.

«Fox, sono Ace», disse Ace nel piccolo microfono che usciva dall'auricolare.

«Sono Fox».

«Fox, sono Yankee».

«Yankee, tutto libero».

«Fox sono Lilly», disse Lilly. «Avrei dovuto scegliere un nome in codice figo».

Lilly sentì la risatina di Fox nell'orecchio. «Lilly, sei libera. Buona fortuna, ragazzi. Io vi osserverò da qui. Se vedrò qualcuno avvicinarsi all'edificio, vi darò il segnale di annullare l'operazione».

«Ricevuto», disse Ace.

Uscirono dal SUV. Lilly si sentiva debole per il peso del giubbotto di Kevlar che Ace le aveva dato e che Jack aveva insistito perché indossasse. Jack e Ace non l'avevano. Secondo Ace, era l'unico giubbotto che possedeva, anche se aveva intenzione di procurarsene altri, ora che il loro gruppo era diventato più numeroso.

Lilly era nervosa, anche se cercava di non darlo a vedere. Teneva in mano una pistola che sperava di non dover usare. Jack le aveva dato una breve lezione su come maneggiare una pistola, ma lei sapeva di essere tristemente inesperta e non aveva idea se si sarebbe bloccata, quando le dovesse capitare di dover sparare.

Ace e Jack erano armati allo stesso modo. Entrambi portavano delle Glock e, secondo Jack, erano entrambi esperti tiratori.

Lei trovò conforto in quel pensiero.

Insieme si avvicinarono silenziosamente all'edificio. C'erano delle finestre sul lato che dava sulla strada, ma erano troppo in alto e impedivano loro di guardare all'interno dell'edificio. Mentre si avvicinavano alla grande porta che sembrava essere l'ingresso principale, Lilly rimase dietro a Jack. Quando si fermarono accanto ad essa, sbirciò oltre Jack e vide che Ace aveva estratto un dispositivo di ascolto dalla borsa che portava sul busto. Lui si mise un dito sulle labbra, avvisandoli loro di rimanere in silenzio, appoggiò il dispositivo alla porta e si appoggiò per ascoltare.

Un attimo dopo, lo tolse e sussurrò: «Non c'è un suono, all'interno, nemmeno quello di una macchina».

«Ok, mi occuperò della serratura. Coprimi», disse Jack e tirò fuori alcuni attrezzi, e iniziò a lavorare sulla serratura.

«Tutto libero, dall'alto», disse Fox nelle loro orecchie. «Ancora nessuna attività».

«Capito», disse Jack e si allontanò dalla porta. Poi si rivolse a Lilly. «Stai indietro finché non diamo il via libera».

Lei annuì.

Poi li guardò mentre si coprivano a vicenda, con le pistole spianate, prima che Ace aprisse la porta e Jack si precipitasse dentro. Ace lo seguì e un attimo dopo sentì Jack sussurrare nel suo microfono: «Tutto libero. Qui non c'è nessuno».

Sorpresa dalla rapidità con cui Jack e Ace erano riusciti a determinare che non c'era nessuno all'interno del grande edificio, sbirciò all'interno. Ace e Jack tenevano in mano delle torce e Lilly seguì i fasci di luce.

Il luogo era vuoto, non solo privo di persone, ma completamente vuoto. Nel magazzino non c'era nemmeno un pezzo di equipaggiamento, non c'era nemmeno un po' di spazzatura.

Qualunque cosa ci fosse stata al momento in cui Thomas aveva effettuato la registrazione, ora non c'era più.

«Merda», imprecò Jack.

«Sembra che siamo arrivati troppo tardi», aggiunse Ace.

Lilly tirò fuori la sua torcia e iniziò a illuminare le pareti e il pavimento.

«È un fallimento», disse Jack e si girò.

Ma Lilly non poteva arrendersi. Sapeva cosa significava spostare un laboratorio o una struttura medica. Lo aveva già fatto una volta, quando alla Delta Labs avevano avuto bisogno di più spazio rispetto alla precedente struttura che occupavano, e sapeva che nessun trasloco andava mai a buon fine senza qualche intoppo.

«Devono aver lasciato qualcosa», disse, e mosse la torcia metro per metro in uno schema quadrato. «Non si possono spostare tutte quelle attrezzature e quei rifornimenti senza che qualcosa si rompa o cada».

«È vuoto», disse Ace, «andiamo».

«Diamo un'altra occhiata in giro, non si sa mai», disse Jack, con uno sguardo rassicurante verso Lilly.

Proprio in quel momento, qualcosa sul pavimento rifletté il raggio della sua torcia. «Ecco».

Si precipitò verso l'oggetto e si accovacciò.

Jack e Ace furono al suo fianco in un istante, entrambi facendo brillare le loro torce sull'oggetto luccicante, delle dimensioni di meno di mezzo centimetro quadrato.

«Che cos'è?» Chiese lei.

«Sembra quasi un insetto», disse Ace.

«È un microdrone», disse Jack. «Ho letto qualcosa al riguardo. Vengono utilizzati per somministrare microtossine».

Lilly gli lanciò un'occhiata. «Vuoi dire

avvelenare le persone, come fa il Cremlino con i suoi avversari politici?»

«Esattamente», disse Jack.

«Se è stato usato per somministrare una tossina, potrebbero essercene ancora delle tracce. Posso analizzarla», disse Lilly.

«Imbustiamolo», acconsentì Ace, che estrasse una scatola di munizioni dalla sua borsa e la svuotò nel sacchetto. «Questa dovrà bastare».

«Attento», avvertì Lilly, «non farti pungere».

Ace usò un fazzoletto di carta per infilare il microdrone nella piccola scatola e la chiuse.

«Andiamo via di qui», disse Jack.

«Aspetta», disse Lilly e guardò meglio il punto in cui aveva trovato il microdrone. La polvere sotto di esso sembrava più scura di quella circostante. «Qui è stato versato qualcosa. Ora è asciutto, ma forse posso analizzarlo per capire cosa fosse». Alzò lo sguardo verso Jack e Ace. «Qualcuno di voi ha un pezzo di plastica e qualcosa con cui posso raccoglierlo?».

Jack si frugò nelle tasche, mentre Ace iniziò a frugare nella sua borsa.

«Può andare bene un involucro di gomma da masticare?» Chiese Jack.

«Dovrà bastare», disse lei e prese la gomma da masticare da lui, la scartò e poi raccolse con cura la polvere scura sulla carta stagnola, usando il coltello di Jack. Poi lo avvolse saldamente e lo mise nella scatola delle munizioni.

Durante il tragitto verso il SUV, Jack toccò il braccio di Lilly e lei lo guardò.

«Bel colpo», la lodò.

«Vedi? È bello avermi intorno».

Sorrise. «In più di un modo».

Le sue parole le fecero salire il battito cardiaco. Erano una buona squadra, non solo quando si trattava di sesso. E stasera Jack aveva dimostrato di apprezzare il suo contributo.

17

Quando arrivarono alla villa, Fox li stava aspettando con delle novità. Li accompagnò nella sala computer. Jack era ansioso di sapere cosa avesse scoperto.

«Allora, dopo che mi avete detto che il magazzino era vuoto», esordì Fox, indicando il grande monitor sulla parete che raffigurava un grafico, «ho dato un'occhiata all'edificio per vedere chi lo possedeva. Non sono andato lontano. Il proprietario era chiaramente una società di comodo».

«Che palle», disse Jack.

«Sì, ma poi ho pensato che tutte quelle

apparecchiature lì dentro avrebbero consumato molta energia, quindi sono entrato nei server della Dominion Virginia Power, che fornisce elettricità a quell'area. E guardate qui». Indicò il muro.

«Cosa stiamo guardando?» Chiese Ace.

«Questo grafico rappresenta il consumo mensile di energia di quel magazzino negli ultimi sei mesi. Piuttosto elevato, soprattutto nel mese della morte di Thomas. E poi, due mesi dopo, il consumo scende a zero».

«Si sono trasferiti», concluse Jack.

«Esattamente. Ma ecco la cosa interessante», disse Fox e usò il mouse per mostrare un'altra visuale. «Questo è l'utilizzo giornaliero del mese in cui Thomas è morto».

Tutte le trenta barre sembravano di altezza simile, tranne due. Una era alta circa il doppio, l'altra più del quadruplo.

«Cosa è successo lì?» Chiese Lilly.

«Un enorme picco di energia e, se possiamo credere alla data di morte riportata sul certificato di morte di Thomas, i picchi si sono verificati il giorno prima della sua morte e il giorno stesso della sua morte».

Jack fissò il grafico e poi tornò a guardare Fox. «Pensi che Thomas fosse lì, nei giorni in cui l'energia ha avuto un picco?»

«È possibile», ha detto Fox.

Lilly indicò lo schermo. «Puoi anche vedere in quale giorno il consumo di energia è sceso a zero?»

Fox le lanciò un'occhiata di approvazione. «Quindi possiamo vedere quando si sono trasferiti? Sì». Passò alla schermata successiva. «Eccolo. Hanno scollegato tutte le apparecchiature il 28 del mese scorso. Dobbiamo presumere che abbiano spostato le apparecchiature il giorno stesso o quello successivo».

Jack emise un respiro. Questa era un'ottima informazione. «Ora dobbiamo solo controllare tutte le telecamere del traffico della zona per vedere dove hanno spostato l'attrezzatura».

Ace annuì. «Avrebbero avuto bisogno di

almeno un paio di camion da trasloco lunghi quasi otto metri. Che ne pensate, ragazzi?»

«Probabile, anche se avrebbero potuto usarne diversi più piccoli, per dare meno nell'occhio», rispose Fox.

«Non ho visto molte telecamere per il traffico nell'area intorno al magazzino», disse Jack, che ci aveva già guardato, come faceva sempre. Negli ultimi tre anni era diventata una seconda natura, per lui.

«Lo so», disse Fox. «Questo potrebbe rendere le cose un po' più difficili, dato che non avremo filmati dal punto di origine e dovremo affidarci a telecamere più lontane dal magazzino. Ci saranno alcuni falsi positivi, che richiederanno un po' di tempo per essere eliminati. Ma con cinque di noi che esaminano i filmati, abbiamo maggiori possibilità».

Fox lanciò un'occhiata ad Ace. «Phoebe è andata a letto. Si sentiva un po' stordita».

Immediatamente, Ace sembrò preoccupato. «Devo...»

«Non preoccuparti», disse Fox. «Michelle l'ha controllata. A quanto pare oggi non ha mangiato abbastanza e la sua glicemia era bassa. Così Michelle le ha preparato uno spuntino».

«Posso darle un'occhiata io», disse Lilly, «anche se è passato un po' di tempo dall'ultima volta che ho avuto a che fare con dei pazienti».

Michelle entrò nella stanza. «Sta bene. Con tutto quello che sta succedendo oggi, è solo un po' stressata».

Jack non era sorpreso. Quale donna non sarebbe stata stressata nella sua situazione, sapendo che avrebbe messo al mondo un figlio molto presto, mentre il padre del suo bambino era braccato da un avversario sconosciuto?

«Grazie, Michelle», disse Ace. Poi guardò Lilly. «Mentre esaminiamo i filmati, puoi iniziare ad analizzare se c'è un residuo chimico nel microdrone che hai trovato? Di cosa hai bisogno per farlo?».

«Il mio laboratorio alla Delta Labs», disse Lilly.

«Non possiamo semplicemente procurarti dei prodotti chimici così puoi fare le analisi qui? Conosco un tizio che può procurarci tutto ciò di cui hai bisogno in un paio d'ore», disse Ace.

«Non è così facile», disse Lilly scuotendo la testa. «Dato che non ho idea di quale sostanza abbia trasportato il microdrone, se c'è un residuo, dovrò usare un'attrezzatura altamente sensibile per eseguire più di cento test. Non è una cosa che si può fare con un kit di chimica casalingo. Mi dispiace. Se siamo fortunati, ci vorranno solo tre o quattro ore e sarò fuori di lì prima che la gente si presenti al lavoro».

«È troppo pericoloso», disse subito Jack.

«Come farai a entrare nel laboratorio?» Chiese Ace.

«Tesserino d'accesso».

«Non c'è una guardia di sicurezza in servizio?».

«Sì, ma fa molti pisolini».

«Questo non garantisce che non ti vedrà», interruppe Jack. «Potrebbe essere a conoscenza del fatto che sei scomparsa dopo la sparatoria in piazza e farà domande o, peggio, lo dirà a qualcuno. Nessuno può sapere dove sei».

«Lo capisco», disse Lilly, cercando chiaramente di tranquillizzarlo. «Ma userò l'ingresso per le consegne, sul retro. Posso raggiungere il mio laboratorio senza che lui mi veda. Fidati di me».

Jack sostenne lo sguardo di Lilly. Valutò il rischio che Lilly fosse vista e il vantaggio di scoprire quale sostanza fosse contenuta nel microdrone. «Bene. A due condizioni».

«Quali sono?»

«Vengo con te e continuerai a indossare il giubbotto di Kevlar».

«Oh, andiamo, quella cosa è pesante», si lamentò lei.

Lui la fulminò con lo sguardo. «Il giubbotto resta. Dico sul serio».

Lei sbuffò. «Va bene».

«Prendi una delle berline nel garage. È meno appariscente del tuo furgone», suggerì Ace.

Pochi minuti dopo erano già in viaggio.

In macchina, Jack vide Lilly che lo guardava con la coda dell'occhio.

«Sei sempre così prepotente?» Gli chiese.

«Non sono prepotente. Ti sto proteggendo. Sei una mia responsabilità».

«Sei sempre così macho?»

Le lanciò un'occhiata. «E tu vai sempre a svegliare il can che dorme?»

«Touché». Poi lei ridacchiò tra sé e sé.

«Cosa?»

«Penso che siamo fatti della stessa pasta».

Sorrise. «Fidati, la tua *pasta* è molto più bella».

«Non stiamo più parlando di temperamento, vero?».

«Thomas aveva ragione. *Sei* molto diretta. Mi piace».

«Stai cercando di dirmi che ti piaccio?».

«Lilly», disse, «abbiamo già stabilito che mi piaci».

Ma Lilly provava per lui gli stessi sentimenti che lui provava per lei? Ricambiava i sentimenti che lui aveva provato anche prima che si incontrassero, sette anni prima? Non aveva il diritto di porsi questa domanda. Lilly non aveva altra scelta, se non quella di restare con lui, in questo momento.

Quando raggiunsero il complesso di uffici dove si trovava la Delta Labs, Jack spense i fari. Non c'era traffico e non voleva che la guardia di sicurezza vedesse un'auto avvicinarsi all'edificio. Parcheggiò a mezzo isolato dall'edificio, girando l'auto nella direzione in cui avrebbero dovuto fuggire, se qualcosa fosse andato storto. Non chiuse l'auto a chiave, sapendo che ogni secondo era importante, durante una fuga. Forse era paranoico, ma la paranoia lo aveva tenuto in vita negli ultimi tre anni.

Sotto la giacca, in una fondina a tracolla, portava la sua Glock. E alla caviglia, sotto i pantaloni color kaki, aveva un coltello.

«Fai strada», disse Jack a Lilly.

«Lì a destra», disse lei, indicando un punto della parete ovest dell'edificio.

Mentre si avvicinavano, Jack si guardò intorno. C'era una luce sopra una porta anonima.

«C'è una telecamera che copre quella porta?».

Lilly incontrò il suo sguardo. «Sì, ma la guardia di sicurezza nell'atrio probabilmente sta dormendo».

«Probabilmente non è abbastanza».

Jack estrasse la Glock dalla fondina, poi cercò nell'altra tasca il silenziatore che aveva portato con sé.

«Oh, mio Dio, vuoi uccidere la guardia di sicurezza? È un tizio innocente. Non puoi...»

«Certo che no», la interruppe avvitando il silenziatore sulla canna della pistola. «Non sparerei mai a un innocente». Indicò la porta sul retro. «Devo togliere di mezzo la telecamera, così non ci vedranno entrare».

Prese la mira e premette il grilletto. Il proiettile colpì la telecamera al centro e si sentì appena un rumore. La guardia di sicurezza all'ingresso dell'edificio non l'avrebbe sentito.

«Wow, sei un ottimo tiratore», disse Lilly.

Lui rispose al complimento con un cenno del capo. Arrivata alla porta, Lilly estrasse la sua tessera di accesso e la posò sul lettore.

Una luce verde lampeggiò ed emise un segnale acustico. Lilly aprì la porta e insieme entrarono nell'edificio.

Si trovarono in un corridoio ben illuminato.

«Le luci sono accese tutta la notte?» Jack sussurrò a Lilly.

«Nei corridoi sì, ma non negli uffici e nei laboratori». Indicò una porta con la scritta *Scale*. «Non possiamo usare gli ascensori. La guardia ci sentirebbe».

Jack annuì e si affrettarono verso le scale. «A che piano?»

«Terzo», rispose lei.

Jack si guardò intorno, ma non riuscì a vedere nessuna telecamera, nella tromba delle scale. Salirono rapidamente. Al terzo piano, Lilly li guidò attraverso un altro corridoio ben illuminato, poi utilizzò di nuovo la sua carta d'accesso per aprire una porta che conduceva a un laboratorio. Entrarono nella stanza buia e chiusero la porta alle loro spalle.

«Non accendere le luci in alto», avvertì Jack. «Prendi la tua torcia».

Lilly accese una torcia e lo condusse in un angolo del grande laboratorio. Lì si fermò e indicò un lungo bancone con attrezzature mediche. Sopra di esso c'erano degli armadietti sospesi. «Ci sono delle luci, sotto gli armadietti. Devo accenderle».

Jack guardò verso le finestre. Erano abbastanza lontani, con un numero sufficiente di mobili tra loro e le finestre, in modo che la luce in questo angolo non si sarebbe vista molto.

«Ok».

Le luci sotto il mobile illuminarono il bancone e le forniture e le attrezzature a sufficienza per permettere a Lilly di iniziare il suo lavoro. Jack prese posto su una sedia accanto a lei, con la pistola con il silenziatore sulle ginocchia, e la osservò mentre si metteva al lavoro.

18

Erano quasi le quattro del mattino, quando Lilly riuscì finalmente ad analizzare la sostanza contenuta nel microdrone.

«È Midazolam», disse, guardando Jack.

«Un veleno?»

«È un potente sedativo. Può paralizzare le persone e, in dosi elevate, causare un arresto respiratorio. Viene utilizzato in anestesia. Ma, considerando le dimensioni del microdrone, potrebbe essere stata iniettata solo una piccola quantità».

«Abbastanza da mettere al tappeto qualcuno, anche se per poco?» Chiese Jack.

«Sì, una persona della mia stazza sarebbe stata probabilmente stordita per un breve periodo, ma non una persona come te, anche se ne avresti comunque risentito e ti saresti sentito intontito».

«Ciò significa che se Thomas avesse ricevuto questa piccola quantità di Midazolam, la sua reazione sarebbe stata compromessa».

Lei annuì.

«È così che potrebbero averlo scoperto», disse Jack.

Lilly rabbrividì al solo pensiero. Thomas sarebbe stato cosciente e forse avrebbe saputo cosa stava per accadere. Cosa gli avevano fatto, per giustificare l'uso del Midazolam?

«Se sono riusciti ad avvicinarsi abbastanza con il drone per iniettargli il Midazolam, non sarebbero stati anche abbastanza vicini per spararargli?»

Jack incontrò il suo sguardo. «Hai ragione».

«Forse questo non è stato usato su di lui».

«O forse non volevano ucciderlo, non subito, comunque».

«Cosa stai dicendo?» Lei lo fissò, ma lui non rispose subito. Lei glielo lesse in faccia, capì cosa sospettasse. «Pensi che lo abbiano tenuto in vita per torturarlo e ottenere informazioni?»

«Mi dispiace, ma sì, è molto probabile».

Lilly respinse le lacrime e si voltò verso il bancone. Stava ancora eseguendo dei test per scoprire cosa avesse impregnato il terreno sotto il microdrone. Sapeva che non era stato il Midazolam a fuoriuscire. «Devo ancora capire cosa c'è in questo campione».

All'improvviso sentì la mano di Jack sulla sua spalla. «So che lo amavi come un fratello. Otterremo giustizia per lui, te lo prometto».

«Ok», disse lei, singhiozzando.

Quando lui cercò di abbracciarla, lei si liberò. «Non farlo, Jack, o inizierò a piangere sul serio». Tirò su col naso. «E devo finire questa cosa».

«Ok», disse lui, gentilmente. «Vorrei

poterti aiutare, ma non sono un neurochirurgo. Non ne so molto quando si tratta di...»

«Oh, mio Dio. Perché non ci ho pensato?» Disse lei all'improvviso e afferrò il vetrino con un piccolo campione di polvere del magazzino.

«Pensato a cosa?»

Mise il vetrino sotto il microscopio e lo guardò. «Ero così concentrata sul fatto che fosse una tossina o qualche altra sostanza chimica. Non avevo nemmeno considerato...» Girò la manopola del microscopio per rendere più nitida l'immagine. Eccola lì.

Alzò lo sguardo. «È liquido cerebrospinale».

«Cerebro... vuoi dire liquido cerebrale?» Chiese Jack, stupito.

«Sì, il fluido che scorre all'interno e intorno alle cavità del cervello e del midollo spinale, e tra le due meningi...»

«Puoi fare il test del DNA?»

«Teoricamente sì, ma non ho quel tipo di attrezzatura e...», disse, lanciando un'occhiata all'orologio sul bancone, «non c'è comunque tempo».

«Allora mettiamo a posto e andiamo via», disse Jack.

Ci vollero quindici minuti per rimettere tutto a posto, in modo che nessuno si accorgesse che qualcuno era stato nel laboratorio. Lilly spense la luce sotto il mobile e si rivolse a Jack, quando improvvisamente sentì un suono: un bip, come se qualcuno stesse usando un tesserino d'accesso per entrare nel laboratorio.

Afferrò Jack per la manica della giacca e lo guidò fino alla fine del bancone e insieme si accucciarono dietro di esso. Appena in tempo, perché la porta si aprì e qualcuno azionò l'interruttore per le luci in alto.

Lilly trattenne il respiro e Jack fece lo stesso. Si scambiarono uno sguardo e Lilly notò che Jack teneva la sua pistola, con il silenziatore ancora attaccato, pronto a sparare. Il suo cuore batteva freneticamente.

Sentì dei passi pesanti, poi la porta di un

armadio venne aperta. Lo riconobbe dal suono. Sollevò il palmo della mano verso Jack per dirgli di stare indietro e rischiò di dare un'occhiata oltre il bancone. E poi lo vide: la guardia di sicurezza stava letteralmente saccheggiando la scatola dei biscotti del laboratorio. Le dava le spalle, intento a infilare biscotti e cioccolato nella tasca della giacca.

Lilly si spostò dietro il bancone e rivolse a Jack uno sguardo rassicurante. Lui sembrò aver capito. Altri pochi secondi e la guardia di sicurezza chiuse l'armadietto e tornò alla porta. La porta fu aperta ancora una volta, poi spense la luce e lasciò la stanza.

Lilly tirò il fiato e guardò Jack. «Non c'è da stupirsi che sia così grasso. E il barattolo dei biscotti è sempre mezzo vuoto», sussurrò.

Lilly stava per alzarsi, quando Jack la tirò indietro. «Aspetta. Dagli un minuto o due per tornare al suo posto».

Poi le mise una mano sulla nuca e le avvicinò la testa alla sua. Le sue labbra furono sulle sue prima che lei potesse reagire. La baciò con forza e profondità, prima che il suo bacio diventasse più tenero. Un attimo dopo, sentì l'aria fresca sfiorarle le labbra.

«Perché l'hai fatto?» Chiese senza fiato.

«Non volevo sprecare un'ottima occasione per un bacio». La aiutò ad alzarsi. «Ora andiamo via di qui».

Non incontrarono nessuno, quando uscirono dal laboratorio e tornarono indietro per le stesse scale che avevano fatto prima. Quando entrarono nel corridoio che portava all'ingresso posteriore, non sentirono alcun rumore. Sembrava che la guardia di sicurezza fosse tornata al suo posto nell'atrio, probabilmente in preda a un'euforia zuccherina da biscotti e cioccolato.

Sollevata dal fatto di essere riuscita a fare i test prima che i mattinieri si presentassero alle sei del mattino, Lilly si girò verso la porta. Jack premette la maniglia e la aprì, prima di poco, poi di più.

Jack uscì fuori, con Lilly alle calcagna. L'aria era gelida. Lilly lanciò un'occhiata nella direzione in cui Jack aveva parcheggiato l'auto, girando leggermente la testa, quando qualcosa la accecò.

«Giù!» Jack gridò e la spinse a terra, appena prima che un proiettile si conficcasse nella porta da cui erano usciti cinque secondi prima.

A terra, dietro una bassa siepe che formava una piccola cintura verde intorno all'edificio e nascondeva alcuni servizi, Lilly si accovacciò accanto a Jack.

«Lo stesso cecchino?» Lilly chiese, senza fiato, con il cuore che le martellava nel petto.

«Non ne sono sicuro. Questa volta non è un fucile. Sembra più una pistola con un silenziatore. Stai giù il più possibile. Lo inseguirò».

Lilly gli afferrò il braccio. «Sei impazzito? Ti ucciderà».

«Non se prima lo uccido io». Mosse la mano sul terreno e tastò i sassolini che ricoprivano il suolo intorno alla siepe. Ne raccolse uno grande come un uovo e lo porse a Lilly. «Fammi un favore. Conta fino a cinque Mississippi, poi lancia questo a ore dieci. Non appena senti il sassolino colpire il terreno, striscia dietro questa siepe, fino a raggiungere l'angolo dell'edificio. Resta lì e verrò a prenderti».

Lei annuì, comprendendo. Tuttavia, stava tremando. «Stai attento», sussurrò.

«Inizia a contare».

19

Jack si prese un secondo per valutare la situazione. Questo era ciò per cui si era addestrato sia nell'esercito, sia alla Fattoria. Si era già trovato in situazioni come questa, molte volte, in terra straniera. E aveva sempre avuto la meglio.

Nel parcheggio non c'erano auto, ma c'erano diversi furgoni con il logo della Delta Labs. Inoltre, c'erano alberi e cespugli, alcune panchine destinate ai dipendenti per riposare durante le pause, cestini della spazzatura e alcune sculture, oltre a quella distrutta dal proiettile del sicario. Questi oggetti avrebbero dovuto servire da copertura per poter aggirare il cecchino e arrivare alle sue spalle.

Se il cecchino avesse preso posizione nel parcheggio come il giorno in cui aveva tentato di uccidere Lilly, l'unica possibilità per Jack e Lilly sarebbe stata quella di rientrare nell'edificio, dove sarebbero rimasti intrappolati. Ma stanotte il cecchino si nascondeva in un posto più vicino e non usava un fucile con un mirino, bensì una pistola con un silenziatore. Chiaramente non voleva attirare l'attenzione. E un'altra cosa era evidente: il sicario aveva in qualche modo scoperto che Lilly si sarebbe presentata al suo laboratorio, stanotte. Jack sospettava che questo potesse significare che Smith e i suoi collaboratori si erano introdotti nel sistema di sicurezza della Delta Labs per vedere se Lilly avrebbe usato il suo tesserino d'accesso.

Nel momento in cui Jack sentì il sasso colpire il terreno, era già dietro il primo furgone della Delta Labs. Sentì un secondo sparo, attutito. Era diretto nella sua direzione generale, non in quella di Lilly. Ecco perché le aveva fatto lanciare il sasso, per indirizzare il cecchino nella sua direzione. Inoltre, il secondo sparo gli aveva dato una buona indicazione su dove si stesse nascondendo il tiratore.

Jack sbirciò oltre il furgone e stimò la distanza tra il suo attuale nascondiglio e la sua prossima copertura. Con la Glock nella mano destra, fece un rapido respiro, poi scattò da dietro la sicurezza del furgone. Vide un movimento, la luce di un lampione che si rifletteva su qualcosa e colse l'occasione: sparò in direzione del tiratore, senza aspettarsi di colpirlo, ma almeno di farlo indietreggiare per un paio di secondi.

Respirando a fatica, Jack raggiunse un albero con un tronco abbastanza largo dietro il quale cercare riparo. Ma non poteva rimanere qui. Non c'era alcuna garanzia che il tiratore non capisse lo stratagemma e scoprisse dove si nascondeva Lilly. Non poteva permetterlo. Doveva raggiungerlo per primo.

Utilizzando ogni copertura a sua

disposizione, Jack fece un mezzo cerchio per portarsi dietro la posizione del tiratore. Quando sentì un suono, ma non riuscì a capire cosa fosse, capì che anche il tiratore si era spostato. Si era avvicinato a dove si nascondeva Lilly.

Cazzo!

Rimanendo basso, Jack si mosse il più velocemente possibile, senza fare rumore, per avvicinarsi al sicario. Era quasi arrivato, infatti poteva già sentirlo respirare, quando Jack si accorse che una luce fioca stava improvvisamente illuminando il suo braccio e la sua pistola. Una nuvola si era spostata un po' e la luna si era affacciata.

Jack si tuffò dietro un albero, proprio mentre un proiettile sfrecciava nell'aria, mancandolo di un soffio. Affidandosi all'istinto, Jack prese la mira e sparò nell'oscurità. Sentì un grido di dolore e capì di aver almeno ferito l'uomo. Non volendo perdere questa opportunità, Jack uscì da dietro l'albero e si precipitò verso l'assassino. Vide la canna della sua pistola scintillare nella debole luce della luna. Era puntata su di lui. Jack sparò.

La pistola cadde a terra e Jack capì che il proiettile aveva trovato il suo bersaglio.

Un gemito giunse da dietro la panchina dove si era nascosto il sicario. Jack si precipitò verso di essa, con la pistola puntata. Non appena raggiunse la panchina, vide l'uomo disteso a terra. A un metro di distanza c'era la pistola. Jack la calciò via, prima di guardare il sicario.

Con sua grande sorpresa, si trattava di una donna. Una donna di colore vestita con abiti scuri. Da lei proveniva un suono gorgogliante. Era stata colpita alla spalla e sanguinava copiosamente, ma non era la causa del gorgoglio. Aveva una seconda ferita da arma da fuoco: un colpo diretto alla parte destra del petto. A giudicare dalla quantità di sangue e dal suo respiro affannoso, Jack si rese conto che i suoi polmoni si stavano riempiendo di sangue e che presto l'avrebbe fatta annegare. Già ora, ogni respiro era affannoso.

«Lilly?» Jack chiamò in direzione dell'edificio.

«Stai bene?» Chiese lei in risposta.

«Sì, ho preso l'assassina».

Sentì un fruscio di cespugli, poi dei passi e un attimo dopo Lilly lo raggiunse. Il suo sguardo si posò su di lui, poi guardò l'assassina ferita. Si accovacciò accanto a Jack e le uscì un rantolo dalla gola.

«Deja?» Lei scosse la testa, incredula.

Gli occhi dell'assassina si mossero e guardò Lilly.

«La conosci?» Chiese Jack.

«Quella è Deja Lashae, l'assistente sanitaria a domicilio dello zio Will».

La rivelazione fu scioccante. E Jack capì subito cosa significasse. Si avvicinò a Deja e le mise una mano sulla spalla. «Smith ti ha mandato a lavorare per Will Reed perché tu potessi spiare per lui e trovare Thomas?».

Deja sbatte le palpebre. «Non avevo... scelta...»

Ignorò la scusa. Le persone avevano sempre una scelta. Forse non una buona, ma comunque una scelta.

«Dov'è Smith?»

Lei respirò pesantemente. «Non lo so...»

Jack premette il pollice sulla ferita da arma da fuoco sulla spalla. Deja ululò di dolore, con le lacrime agli occhi.

«Smith mi ha costretto...»

«E?» Chiese Jack. «Hai ucciso Thomas?»

Deja mosse gli occhi da sinistra a destra invece di scuotere la testa. «Ho detto a Smith quando... quando venne a trovare... suo padre... in segreto». Le sue parole erano costellate da respiri affannosi. «Così Smith poteva... prenderlo».

«Quindi Smith lo ha ucciso dopo che gli hai detto dove si trovava?»

Gli occhi di Deja si chiusero.

Jack la scosse per la spalla. «Deja, resta con me. Come e dove Smith ha ucciso Thomas?».

Gli occhi di Deja si aprirono. «... non lo voleva morto».

«Cosa? Chi non lo voleva morto?»

«Smith... aveva bisogno di lui vivo».

«Ma Thomas è morto», intervenne Lilly e

si chinò su Deja. «Deja, cosa è successo a Thomas?»

Deja rivolse lo sguardo a Lilly. «Mi dispiace... Smith aveva bisogno di lui per...»

«Per cosa?» Lilly la incitò a proseguire.

«... cervello. Il suo dono... voleva scansionarlo... usarlo...»

«Smith voleva fare una scansione del cervello di Thomas?» Jack chiese a Deja, poi guardò Lilly. «La macchina per la risonanza magnetica?»

Lilly annuì.

«Non la risonanza magnetica...» disse Deja. «... più grande... più pericolosa... la macchina... prende tutto, dal cervello... ma è troppo... ci mette troppo tempo... frigge... frigge il cervello...»

Lilly si mise una mano sulla bocca, soffocando visibilmente le lacrime. «Oh, mio Dio, Thomas... no».

«Deja, dove si trova ora, quell'attrezzatura? Dove l'ha spostata Smith?» Chiese Jack.

«Un altro posto...» Poi tornò a guardare

Lilly. «Mi dispiace... dovevo proteggere mio figlio... Smith lo sapeva perché...»

Deja smise di muoversi. Non respirava più. Jack cercò il polso, ma non lo trovò.

«Se n'è andata».

«E adesso?» Lilly lo fissò, con gli occhi spalancati e l'ansia che la pervadeva.

Jack si guardò intorno. Il sole sarebbe sorto presto e fra poco i primi dipendenti della Delta Labs si sarebbero presentati al lavoro. «Non c'è tempo per spostarla. Dobbiamo lasciarla qui».

«Ma qualcuno la troverà. E se collegassero la sua morte a te o a me?»

«Non lo faranno. Non se ripuliamo». Estrasse una torcia dalla tasca della giacca. «Prendi questa e cerca i bossoli e i proiettili che hanno mancato il bersaglio. Tre bossoli della mia pistola, tre della sua e quattro proiettili, gli altri due sono dentro di lei». Indicò i punti del parcheggio in cui sarebbero caduti i bossoli, poi il punto in cui Deja si era nascosta prima. «Raccoglili».

Lei annuì e prese la torcia. «E tu cosa farai?»

«Estrarrò i proiettili da lei», disse.

Lilly sbiancò. «Dici sul serio?»

«Deve essere fatto. Non possiamo permetterci che la balistica risalga a questa pistola».

Lilly annuì, poi iniziò a cercare i bossoli. Jack tirò fuori il suo coltello e iniziò a scavare per trovare i proiettili. Il proiettile nella spalla non fu un problema, quello nei polmoni richiese un po' più di tempo, per essere estratto. Quando ebbe finito, Lilly era di ritorno con i bossoli e i proiettili.

«Trovati tutti i sei e i quattro proiettili?».

«Sì».

«Bene.» Raccolse la pistola di Deja e frugò nelle sue tasche. Trovò quello che cercava: un cellulare, delle chiavi e un portafoglio con un documento d'identità. Infilò questi ultimi due oggetti nella giacca, poi prese il pollice destro di Deja e lo premette sul cellulare finché non si sbloccò. Rapidamente, cambiò il PIN, in modo da poterlo sbloccare di nuovo in un secondo momento. Lo mise in tasca e si alzò. «Andiamo».

Si allontanarono dalla scena pochi istanti dopo. I vestiti di Jack erano pieni del sangue di Deja. Compose il numero di Ace e mise il vivavoce.

Nonostante l'ora, Ace rispose immediatamente. «Sì?»

«Abbiamo avuto dei problemi. Abbiamo dovuto lasciare un cadavere nel parcheggio della Delta Labs».

«Tu e Lilly state bene?»

«Sì».

«Hai ripulito?»

«Abbiamo i bossoli, i proiettili, la pistola dell'assassina, le chiavi e i suoi documenti di identità».

«Una donna?»

«Sì. Te ne parlo dopo. Abbiamo il suo sangue addosso. Hai un...»

«C'è una stanza nel retro del garage. Ha una doccia ad alta potenza. Toglietevi tutto e fate la doccia. Nell'armadio lascio asciugamani e vestiti puliti per entrambi. Gettate i vostri vestiti nel secchio accanto all'armadio. Li incenerirò più tardi».

«E le armi?»

«Ci sono dei contenitori di plastica nell'armadio. Mettile lì e portale dentro. Le puliremo più tardi».

«Va bene».

«Ci vediamo quando arrivi». Ace interruppe la chiamata.

Jack lanciò una rapida occhiata a Lilly. Era seduta lì, completamente rigida. Girò il viso verso di lui. «Lo ha tradito».

Jack annuì. Ora capiva il significato delle parole di Will Reed, quando era andato a trovarlo alla casa di riposo.

Sono qui in casa mia... Avrei dovuto saperlo... Gli avevo detto di non venire. Lei mi ha mentito. È stata lei. L'ha mandata il governo.

Will Reed si era reso conto, troppo tardi, che Deja Lashae era stata un'infiltrata dei nemici di Thomas.

20

Erano le sei del mattino, quando Lilly entrò nella stanza degli ospiti che Phoebe aveva preparato per loro. Lei e Jack avevano fatto la doccia e si erano cambiati nella stanza dietro il garage, ma la doccia era stata piuttosto fredda e la pressione troppo forte, per i suoi gusti. Aveva capito la necessità e l'aveva accettata. Tuttavia, la doccia l'aveva fatta sentire come se fosse sotto l'effetto della caffeina, mentre sapeva di aver bisogno di rilassarsi e dormire.

Jack era ancora al piano di sotto e stava spiegando ad Ace cosa avevano rivelato gli esami di laboratorio e cosa era successo a Deja Lashae, quando avevano lasciato il laboratorio. Lilly rabbrividì quando ricordò la vista di Deja che si dissanguava davanti ai suoi occhi. Aveva già visto dei cadaveri, tutti gli studenti di medicina lo avevano fatto, e aveva già visto delle persone morire, ma non in modo così violento. E sperava di non dover mai più vedere una cosa del genere.

Lilly chiuse le tende e si spogliò. Phoebe era stata tremendamente generosa nel fornirle diversi set di vestiti e aveva persino lasciato un accappatoio sul letto per lei. Il bagno aveva tutto ciò che Lilly poteva desiderare: vari saponi e shampoo, balsami, deodoranti e lozioni. Spazzolini da denti e dentifricio freschi giacevano sul bancone, insieme a gel da barba e rasoi. Phoebe aveva pensato a tutto.

Lilly non si era mai sentita così benvenuta in casa di un estraneo. All'improvviso le lacrime le salirono agli occhi. Il secondo attentato alla sua vita le aveva fatto capire che non avrebbe mai potuto tornare a casa. Ora dipendeva dagli estranei per il suo benessere. Anche se non tutti lo erano. Jack non lo era. Aveva rischiato così tanto, per lei. Persino la sua stessa vita. Eppure, non aveva preteso nulla, in cambio.

Lilly aprì l'acqua ed entrò nella grande doccia. L'acqua tiepida le bagnò la pelle come la rugiada del mattino. Il suo battito cardiaco si abbassò e il suo respiro si calmò. Chiuse gli occhi e iniziò a rilassarsi.

I cardini della porta scricchiolarono e Lilly si guardò alle spalle. Jack era lì, a petto nudo, ma con indosso ancora i pantaloni che Ace gli aveva lasciato.

«Un'altra doccia?» Le chiese con un sorriso, mentre il suo sguardo vagava sul suo corpo.

«Questo è più rilassante». Si girò verso di lui, consapevole che i suoi occhi la stavano assorbendo. Il suo cuore ricominciò a battere più velocemente, ma questa volta non era a causa dello stress. «Vuoi unirti a me?»

Le sue mani si spostarono sul bottone

superiore dei suoi pantaloni. «Ci puoi scommettere».

Lo guardò, mentre si liberava dei pantaloni. Quando si tirò giù i boxer, il suo cazzo sporgeva, duro e pesante, con la punta bulbosa rivolta verso il cielo. Aprì la porta di vetro della doccia e vi entrò, poi la tirò a sé.

«Stai bene?» Le chiese. «So che quello che è successo prima deve averti spaventato».

«È così. Ma tu eri lì e mi hai salvato. Questa è la seconda volta». Alzò lo sguardo su di lui e fece scivolare la mano sulla nuca per portare il viso di lui verso il suo. «Vuoi che ti ringrazi ora?»

«Ringraziarmi?» Scosse la testa. «Il fatto che tu sia viva è un ringraziamento sufficiente».

Fece scivolare l'altra mano lungo il busto, fino a sfiorare la sua erezione.

Jack fece un respiro sibilante.

«Questo significa che non vuoi che mi metta in ginocchio proprio qui», disse, incrociando il suo sguardo e leccandosi le labbra, «e che ti succhi finché non vieni?»

Jack le fece scivolare la mano sul sedere e la tirò verso di sé in modo che il suo cazzo premesse sul suo stomaco. Le sue labbra si aprirono.

Compiaciuta dell'effetto che le sue parole avevano avuto su di lui, aggiunse: «Mi sembra di ricordare che ti fosse piaciuto molto, sette anni fa».

«Dannazione, Lilly», mormorò lui contro le sue labbra, «abbiamo bisogno di dormire un po', ma se ti sento parlare così, perdo tutto il mio autocontrollo». Strofinò il suo cazzo contro la pelle di lei. La baciò con forza, ma solo per pochi secondi, prima di lasciarla. «Ora inginocchiati, piccola, e succhiami».

Al suo comando, un brivido le percorse la schiena e le fece indurire i capezzoli e pulsare il clitoride. Con l'acqua della doccia che le scorreva sulla schiena, Lilly si mise in ginocchio, con la testa all'altezza dell'inguine di lui. Jack afferrò la sua erezione alla base e ne avvicinò la punta alle labbra di Lilly.

Lentamente, stuzzicandolo, Lilly aprì la bocca e leccò la pelle sensibile della punta, poi avvolse le labbra intorno all'asta dura e scivolò su di lui il più possibile.

«Cazzo!» Jack imprecò.

Lo sentì oscillare per un istante, prima che si appoggiasse alla parete di piastrelle dietro di lei. Lilly mise le mani sui suoi fianchi e iniziò a indietreggiare un po', poi lo tirò di nuovo profondamente nella sua bocca.

Jack le prese la testa con entrambe le mani. «Calma, piccola, o verrò in dieci secondi netti».

Alzò gli occhi su di lui e incontrò il suo sguardo. I suoi occhi brillavano come sette anni prima, con la stessa intensità e passione. Vide l'uomo di allora nel suo nuovo volto, vide che era ancora lo stesso, l'uomo che era stato così insaziabile, quella notte di tanto tempo fa, che lei aveva dormito così profondamente da non sentirlo andare via. Solo che questa volta vide la promessa, nei suoi occhi, la promessa che questa volta sarebbe stato diverso. Questa volta non se ne sarebbe andato.

Lilly mise una mano intorno alla sua radice e iniziò a succhiarlo a fondo e con forza. Le piaceva il suo odore maschile, il sapore salato del suo liquido preseminale, la pelle morbida sulla sua asta dura. Jack si muoveva in sincronia con lei, come se lo avessero fatto un milione di volte. I suoi gemiti riecheggiavano sulle pareti della doccia, amplificandosi e dicendole quanto fosse vicino al culmine. Più lui si avvicinava, più lei accelerava il ritmo. Aveva bisogno che lui perdesse il controllo. Aveva bisogno di sapere che lui non poteva resisterle, così come lei non poteva resistere a lui, che erano alla pari.

«Cazzo, Lilly!» Gridò e si staccò dalla sua bocca.

Prima di rendersi conto di quello che lui stava facendo, si ritrovò premuta contro le piastrelle, con la schiena rivolta a Jack e le mani di lui sui fianchi. Lui li tirò indietro e le avvicinò il sedere all'inguine. Sentiva la sua erezione tra le cosce. Si appoggiò al muro proprio quando Jack si spinse dentro di lei. Un brivido violento la percorse e un gemito le uscì dalla gola.

«Jack!»

Lui si aggrappò saldamente ai suoi fianchi, controllando i suoi movimenti. La sua bocca era sul suo collo. «Ora sentirai cosa succede, quando mi porti al limite del mio autocontrollo».

Avrebbe voluto ridacchiare, ma Jack che spingeva dentro di lei con forza e profondità le tolse il respiro. Il suo corpo sembrava in fiamme. Non c'era mai stato niente di meglio che il cazzo di Jack dentro di lei, che la spingeva al limite, che esigeva la sua sottomissione, che la portava all'estasi. Ora era lui a controllare ogni mossa, a stabilire il tempo e il ritmo, e lei lo lasciava fare.

Continuando a spingere con forza, Jack le lasciò i fianchi e fece scorrere le mani su entrambi i lati del busto, poi le fece scivolare sul davanti, prendendole i seni e stuzzicando i capezzoli con le dita.

«Mi hai fatto eccitare così tanto...»

Respirò con forza, «... con la tua bocca intorno al mio cazzo. La prossima volta che lo farai, ti avverto: Non mi tirerò fuori».

Lei girò il viso di lato. «Non te l'ho mai chiesto».

La risposta sembrò aumentare ancora di più la sua eccitazione. Il suo ritmo aumentò, le sue spinte divennero più forti. Una mano scese improvvisamente sulla sua figa e, con esperta precisione, fece scorrere le dita sul suo clitoride.

Lilly gemette, la sua eccitazione stava già danzando sul filo del rasoio. Non ci sarebbe voluto molto, per farla precipitare oltre. Jack le baciò il collo, con il suo cazzo che affondava in profondità nel suo canale stretto e mentre la sua mano accarezzava il suo centro del piacere. Non poteva fermare l'avvicinarsi dell'orgasmo, non avrebbe potuto fermarlo nemmeno se fosse stata questione di vita o di morte. Tutto il corpo di lei sussultò di piacere, mentre un'onda dopo l'altra la inondava e la sommergeva ancora e ancora, fino a quando non sentì il cazzo di Jack contrarsi e sparare il suo sperma caldo dentro di lei.

Le gambe di Lilly stavano tremando, le ginocchia minacciavano di cedere, quando sentì il braccio di Jack avvolgerla intorno alla vita e fermarla. Era ancora dentro di lei, ancora duro.

«Ti tengo io», le mormorò all'orecchio.

Lei girò la testa e gli offrì le labbra. Lui la baciò delicatamente. Poi il suo uccello scivolò fuori da lei, mentre la girava tra le braccia e la premeva sul suo petto.

«Vedi cosa mi fai», disse Jack, con dolcezza, «mi trasformi in una bestia».

«Mi piace un po' di bestia, nel mio uomo».

«È una buona cosa, perché non so come spegnere la bestia, quando sono con te».

21

Era mezzogiorno, quando Jack si recò nella sala computer della villa, dove Fox e Ace erano al lavoro. Ace si sedette al computer e si guardò alle spalle per un attimo, poi continuò a lavorare.

Fox lo salutò. «Ace mi ha informato di quello che è successo ieri sera. I telegiornali ne parlano in continuazione».

«Non troveranno nulla. È un peccato che si sia dissanguata così in fretta. Temo di non aver ottenuto molto, da lei, prima che morisse».

«Beh, è già qualcosa. Almeno sappiamo

che stanno usando quella grande macchina per la risonanza magnetica per scansionare il cervello, non che io abbia idea del perché».

Jack annuì. «E che è così invasivo che il paziente muore».

Ace si allontanò dal computer. «Dobbiamo supporre che abbiano messo Thomas in quella macchina e che alla fine l'abbia ucciso. Sarebbe logico che non potessero permettere che il suo corpo finisse nelle mani sbagliate, altrimenti un'autopsia avrebbe potuto rivelare cosa era successo davvero».

«Già», disse Jack, «e questo significa che anche il medico legale a cui hanno fatto firmare il certificato di morte doveva essere eliminata. Nessuna questione in sospeso. Avete trovato qualcosa, su Deja Lashae? Chi era veramente?».

Ace indicò il computer. «È stata nell'esercito, finché non ha dato alla luce un figlio. Non c'era nessun padre. Poi ha lavorato nella sicurezza privata».

Jack guardò oltre le sue spalle, verso lo

schermo dove era visualizzato il curriculum militare di Deja.

«Ecco perché sapeva usare una pistola. Aveva un addestramento da cecchino?»

«Sì». Ace scorse più in basso.

«Quindi era lei l'assassina della prima volta?» Chiese Jack.

Fox si alzò e li raggiunse. «Confermato. Il suo cellulare è stato registrato da una cella nelle vicinanze, nello stesso momento in cui ha cercato di uccidere Lilly nella piazza di fronte alla Delta Labs. Immagino che il suo lavoro di sicurezza privata includesse anche gli omicidi».

Per un momento, Jack pensò a ciò che Deja aveva detto prima di morire. «Non credo. Ha detto che voleva proteggere suo figlio. Forse Smith aveva qualcosa su di lui?»

«Vediamo», disse Fox e scostò Ace, prima di iniziare a battere sulla tastiera. Qualche istante dopo, indicò lo schermo. «Ecco qui. Suo figlio, Kobe Lashae, è nell'esercito, ed è stato accusato di aver aggredito sessualmente una soldatessa della sua unità. Dovrà affrontare la corte marziale. A quanto pare, non ci sono testimoni. È la parola di lei contro quella di lui».

«Venti dollari che le accuse sono false», disse Jack. «Smith le ha inventate per costringere Deja a eseguire i suoi ordini, prima spiando Will Reed, per scoprire dove si trovava Thomas, e poi usando le sue abilità di cecchino per uccidere Lilly quando si è messa a fare troppe domande».

«Sembra di sì», disse Fox. «Potremmo trovare qualcosa di simile nel passato della dottoressa Amy Price. Smith l'ha usata per coprire la morte di Thomas».

Jack grugnì. «Per quanto ne sappiamo, le ceneri che hanno mandato a suo padre non erano nemmeno sue». Si passò una mano tra i capelli. «Hai detto che avete controllato il cellulare di Deja. C'è qualcos'altro che potrebbe aiutarci?»

Fox cambiò schermata. Apparve una mappa di Washington D.C. e di parti della Virginia e del Maryland. C'erano segnati molti punti sparsi. «Questi sono tutti i luoghi in cui il telefono di Deja è stato registrato da diverse celle».

«Ha girato molto», disse Jack. «Questo non sarà di grande aiuto».

Ace indicò un punto della mappa. «È lì che abbiamo trovato il microdrone nel magazzino. Deja si trovava in quella stessa zona, all'ora della morte di Thomas».

«E' all'incirca l'ora del sovraccarico di energia di cui ho parlato ieri», intervenne Fox.

Ace annuì. «Quindi pensiamo che la storia di Deja sia confermata. Potrebbe aver consegnato Thomas a Smith o, per lo meno, avergli rivelato la sua posizione perché lo potesse catturare».

Jack scosse la testa. «C'è una cosa che non quadra, in questo scenario».

«Cosa vuoi dire?»

«Thomas trovò il magazzino e non solo ebbe il tempo di fare una registrazione, ma anche di nasconderla a casa di suo padre. Will Reed ha detto che *loro* erano a casa sua e che *lei* gli ha mentito, che era *lei* e che *l'aveva mandata* il governo. Penso che

Thomas o suo padre avessero scoperto che Deja lavorasse per Smith. Forse Thomas è riuscito a seguire i suoi movimenti fino a quel magazzino ed è così che è riuscito a registrare ciò che c'era all'interno. Forse ha cercato di catturare Deja più tardi, a casa di Will Reed, ma Smith o Deja avevano già utilizzato il microdrone per poterlo eliminare».

Fox e Ace si scambiarono uno sguardo.

«È possibile», disse Ace. «Ma non ci dice ancora dove si sono installati, adesso».

«Non avete trovato nessun furgone nell'area che potesse trasportare l'attrezzatura?» Chiese Jack.

«Troppi», disse Fox. «Non possiamo seguirli tutti». Poi sorrise, inaspettatamente. «Perciò io e Michelle stiamo cercando nella rete elettrica eventuali sbalzi di tensione e facciamo un riferimento incrociato con eventuali avvistamenti di grandi furgoni che potrebbero aver consegnato le apparecchiature di scansione».

«È una cosa intelligente. Ancora niente?» Chiese Jack.

«Abbiamo reso il programma operativo solo nell'ultima mezz'ora. Non è un gioco da ragazzi, ci vuole un po' di pazienza».

Ace ridacchiò. «Credo che questa sia la parte in cui Fox cerca un riconoscimento delle sue superiori capacità informatiche».

Fox si limitò ad alzare gli occhi al cielo. «Vi farò sapere quando avremo trovato qualcosa. Potrebbero volerci alcune ore».

«Non possiamo starcene seduti a girarci i pollici, nel frattempo», ha detto Jack.

Ace gli lanciò un'occhiata. «Allora prepariamo tutta la nostra attrezzatura in modo da essere pronti, quando troveremo una posizione. Dato che non abbiamo idea di quanto spesso spostino la loro struttura, potremmo avere solo una breve finestra di opportunità».

«Sì, è quello che preoccupa anche me», concordò Jack. Odiava stare fermo senza far nulla.

Jack seguì Ace fuori dalla sala computer. Attraversarono l'atrio e Jack sentì delle voci provenire dalla cucina. Lilly stava parlando con Michelle e Phoebe.

«Non ti ho ancora ringraziato per averci accolto», disse Jack, mentre Ace apriva una porta e Jack lo seguiva giù per le scale fino al seminterrato.

«Non c'è di che. A dire la verità, a Phoebe piace la compagnia. Era una giornalista, sai, ed era solita frequentare molte persone ogni giorno. Ora siamo solo io e lei, e Fox e Michelle, ma di solito non stanno qui tutto il giorno e la notte».

Il seminterrato era una stanza enorme, divisa in diverse sezioni. Le luci fluorescenti in alto illuminavano lo spazio, che era fiancheggiato da grandi armadi. Ospitava anche un banco di lavoro, un grande lavandino e vari macchinari.

«Abbiamo tutto il necessario per realizzare molotov, bombe artigianali, fumogeni e qualsiasi altra cosa desideri il tuo cuore».

Jack fece un cenno di apprezzamento. «È decisamente meglio della mia configurazione».

«Mettiamoci al lavoro».

22

Lilly apparecchiò il grande tavolo della cucina per un pranzo tardivo. Aveva aiutato Phoebe a preparare dei panini e un'insalata, mentre Michelle era andata ad aiutare Fox nella sala computer. Sembrava fiduciosa che presto sarebbero stati in grado di individuare il luogo in cui Smith aveva installato la nuova struttura, dopo aver abbandonato il magazzino di Great Falls, in Virginia.

Su una piccola TV montata sulla parete, un telegiornale parlava del cadavere trovato nel complesso di uffici. Non erano ancora riusciti a identificare Deja, ma Lilly sapeva che sarebbe stata solo una questione di tempo, anche se Jack le aveva preso il portafoglio, il telefono e le chiavi.

«... secondo le fonti della polizia», disse un giornalista in piedi davanti alla Delta Labs.

Lilly sentì dei passi alla porta, si guardò alle spalle vide entrare Ace e Jack.

Il giornalista continuò: «Tuttavia, dopo la sparatoria di mercoledì nello stesso luogo, i dipendenti di questo complesso di uffici, che ospita diverse aziende farmaceutiche e laboratori, si chiedono se questi attacchi siano rivolti alle aziende e alle loro politiche tariffarie, piuttosto che a una persona specifica.»

«Questi sì che è un colpo di fortuna», disse Jack, indicando la TV.

«Non ha niente a che fare con la fortuna», rispose Ace. «Phoebe ha ancora contatti con i media. Ha dato un suggerimento per indirizzare l'indagine in un'altra direzione».

Jack si avvicinò a Lilly e la baciò sulla guancia. «Stai bene?»

«Starò bene». Perlomeno finché non si fosse soffermata troppo a pensare a tutte le cose che sarebbero potute accadere, se Jack non fosse riuscito a far fuori Deja. «Dovete essere affamati».

Phoebe entrò in cucina. Ace le mise un braccio intorno alle spalle e la baciò, poi le mise una mano sulla pancia e si scambiarono uno sguardo tenero.

Lilly si voltò e si accorse che Jack la stava guardando. Il suo sguardo era altrettanto amorevole di quello che si erano scambiati Ace e Phoebe. Il suo cuore ebbe un sussulto e sentì il calore salirle sulle guance.

«Cibo, ottimo!» Fox disse, dalla porta, mentre lui e Michelle entravano. Si diresse verso il tavolo e si sedette. «Sono affamato». Caricò il suo piatto con dell'insalata e un panino.

«Anch'io ho bisogno di un boccone», ammise Jack e si diresse verso il tavolo.

Lilly lo seguì, ma prima che Jack

raggiungesse il tavolo, si fermò improvvisamente e lei quasi lo urtò.

«Jack?»

Lui non rispose, rimase semplicemente in piedi. Lilly gli girò intorno e gli afferrò l'avambraccio, quando notò che fissava dritto davanti a sé, con il petto gonfio.

«Cosa c'è che non va?»

«Merda», esclamò Fox e si alzò. «Lascialo andare!»

Lilly tolse immediatamente la mano dal braccio di Jack, stordita dalle parole taglienti di Fox.

«Sta avendo una premonizione. Non tirarlo fuori», avvertì Ace. «Ha bisogno di vederla fino alla fine».

Sorpresa e allo stesso tempo curiosa, Lilly guardò Jack. Il suo viso si contorceva e i suoi occhi si muovevano come se stesse reagendo a qualcosa. Non aveva mai pensato a come sarebbe stato, vederlo avere una premonizione. Quando aveva avuto una visione da incubo durante il sonno, lei lo aveva scosso per farlo uscire e ora si chiese se non avrebbe dovuto farlo.

Forse avrebbe visto di più, se lei non avesse cercato di svegliarlo.

All'improvviso, Jack ondeggiò e sembrò che stesse per cadere in avanti, ma Ace lo aveva già afferrato per tenerlo fermo.

«Grazie, grazie», disse Jack, senza fiato.

Nessuno disse una parola. Chiaramente, Ace e Fox sapevano che aveva bisogno di qualche secondo per orientarsi.

«Sto bene», disse Jack, poi raddrizzò le spalle. «Ma abbiamo un problema».

«Cosa hai visto?» Chiese Ace.

«La grande macchina per la risonanza magnetica, quella del video di Thomas. Se Deja aveva ragione, quando diceva che avrebbe fritto il cervello di qualcuno, non abbiamo tempo da perdere. Ho visto che stavano legando un uomo. Stavano iniziando la scansione. Alle cinque del pomeriggio».

Lo sguardo di Lilly si rivolse all'orologio sulla parete. «Ci restano solo tre ore...»

«E c'è dell'altro», aggiunge Jack guardando Ace e Fox. «Ho già visto questo tizio. Di colore, sulla trentina, testa rasata, in forma. Credo che sia uno di noi».

«Cazzo», sibilò Ace e si diresse di corsa verso la sala computer, con Jack alle calcagna.

Fox prese il suo panino, gli diede un bel morso e si affrettò a seguirli. Lilly li seguì, non avendo più fame. Non era stata in grado di salvare Thomas, ma se avesse potuto fare qualcosa per aiutare a salvare la prossima povera vittima dal subire danni cerebrali irreversibili per mano di questo signor Smith, l'avrebbe fatto.

Michelle e Phoebe si unirono a Lilly, mentre correva dietro agli uomini.

«Tutti al lavoro», disse Michelle.

Nella sala computer, Ace aveva già estratto un file con foto e nomi e lo stava proiettando sul grande monitor sulla parete.

«Che cos'è?» Lilly chiese a Phoebe, che si trovava accanto a lei.

«Un elenco di tutti gli agenti Stargate», mormorò.

Lilly guardò Ace scorrere le foto, mentre Jack si concentrava sul monitor. Riconobbe molti degli uomini: Fox, Ace, Thomas e Jack, il vecchio Jack, con l'aspetto che aveva prima della chirurgia plastica.

«Fermati!» Jack ordinò e indicò il monitor. «È lui, è l'uomo che legheranno a quella macchina».

«Jay Garner, nome in codice Tiger», lesse Ace. «Ok, gente, abbiamo pochissimo tempo. Phoebe e Lilly, preparate il furgone per l'assalto».

«Per l'assalto?» Gli fece eco Lilly.

«Phoebe te lo mostrerà. Michelle e Fox, trovate un modo per accelerare il processo di incrocio di eventuali sbalzi di corrente con i percorsi dei furgoni abbastanza grandi da aver spostato l'attrezzatura; Jack, io e te faremo dei controlli incrociati manuali di tutto ciò che il computer emette dalle ricerche. Facciamolo. Il tempo stringe».

23

Mezz'ora dopo aver avuto la premonizione della scansione del cervello di Tiger, Jack fissò un punto sulla mappa.

«Sei sicuro che sia questo il posto?» Chiese Jack, guardando Fox e Michelle.

«Positivo», disse Fox. «Poco dopo la morte di Thomas, diversi furgoni sono passati sulla strada dove si trova questo edificio. Purtroppo, non ci sono telecamere che mostrino che i furgoni sono entrati nell'edificio e hanno scaricato il loro carico».

Fox indicò il video ripreso da una

telecamera per il traffico ad un incrocio. «Un'ora dopo, gli stessi furgoni tornano indietro». Indicò la registrazione successiva. «Vedi questo?»

Jack si concentrò sui furgoni e sulle loro ruote. «Puoi ingrandire le ruote?».

Fox fece come richiesto.

Fox aveva ragione. E ora anche Jack se ne accorse. «Hanno scaricato il loro carico. All'andata, i furgoni erano più pesanti. Questi sono più leggeri... Si vedono meglio le ruote».

Fox annuì. «Esattamente. Ci sono pochissimi edifici, su questa strada. E l'unico edificio che ha aumentato il consumo di elettricità nell'ultimo mese è questo». Fox passò a Google Street View e ingrandì la visuale su un grosso magazzino. «Coincide con la consegna delle attrezzature. E stamattina presto il consumo di elettricità è aumentato ancora di più. Ma non ha raggiunto il picco che abbiamo visto nella sede precedente».

«Si stanno preparando», intervenne Ace.

«È come se stessero facendo una prova generale, prima di...»

Non ebbe bisogno di finire la frase. Tutti nella stanza sapevano cosa intendesse.

Jack annuì. «Forse stanno calibrando la macchina in modo che sia pronta per stasera. Dobbiamo sbrigarci».

Ace guardò Michelle. «Hai ancora il controllo del satellite di ieri?»

«Certo che sì. Ci vorranno meno di cinque minuti per riposizionarlo e coprire questo edificio», disse Michelle. «E una volta posizionato, posso monitorarlo da remoto».

«Perché da remoto?» Chiese Jack.

«Perché vengo con voi».

«Troppo pericoloso», disse Jack e guardò Fox, sorpreso che non avesse già protestato.

Ma Fox si limitò a sollevare le spalle in segno di resa. «Non guardare me, amico. Michelle prende le sue decisioni, a prescindere dalle mie obiezioni».

Jack vide entrare Phoebe e Lilly.

«Sarò più utile, se vengo con voi»,

aggiunse Michelle. «Sono l'unica che ha sentito la voce di Smith. Se è lì, lo riconoscerò. È la nostra occasione per catturarlo».

«Non ha tutti i torti», disse Ace. «Ma abbiamo solo un giubbotto di kevlar».

«In realtà ne abbiamo più di uno», disse Phoebe. «A proposito, il furgone è pronto». Poi guardò il grande monitor sulla parete. «È quello il posto?»

Ace annuì. «Sì. Cosa intendevi quando hai detto che abbiamo più di un giubbotto di kevlar?»

Phoebe fece cenno a Michelle. «Michelle ne ha ordinati un po', dopo che siete andati al magazzino di Great Falls».

Jack, Ace e Fox fissarono Michelle.

Michelle sorrise. «Ho scoperto che si possono comprare giubbotti di kevlar su Amazon». Scrollò le spalle. «Con consegna il giorno successivo. Sono arrivati poco prima di pranzo».

«Li hai fatti consegnare qui?» Chiese Jack, incredulo. «Possono rintracciare...»

«Non sono un'idiota, Yankee», lo

interruppe Michelle. «Ho usato un account che non ho mai usato prima e li ho fatti consegnare in una casa a pochi isolati di distanza. La famiglia che vive lì è in vacanza. Phoebe ha ritirato il pacco oggi stesso».

Si avvicinò a uno dei computer e si sedette, con le dita già posate sulla tastiera.

Phoebe sorrise. «Almeno ogni tanto riesco a fare qualcosa di utile. Li ho lasciati in garage».

Jack si scambiò un'occhiata con Fox e Ace. «Ok, allora mettiamoci in viaggio non appena Michelle avrà finito di riposizionare il satellite».

«Vengo anch'io, con voi», disse Lilly.

Jack girò la testa verso di lei. «No, non succederà».

«Ma hai appena sentito Michelle. Ci sono molti giubbotti di kevlar per tutti. E tu lasci che Michelle venga».

Jack digrignò i denti. «Non è una mia decisione. È di Michelle e Fox».

«E questa è la mia», disse Lilly, con fermezza. «Sono un medico e Tiger potrebbe aver bisogno di assistenza medica. Non hai idea delle sue condizioni».

«E cosa ti fa pensare di saperlo tu?» Jack ringhiò. «Hai detto tu stessa, non molto tempo fa, che sono anni che non hai a che fare con dei pazienti».

«Questo non significa che non possa individuare i sintomi di una persona e il loro significato. Potremmo non avere molto tempo per aiutare Tiger. O lo accompagnerai all'ospedale una volta liberato?»

Jack rimase in silenzio, così come i suoi colleghi agenti Stargate. Sapeva benissimo che recarsi in un ospedale per farsi curare significava esporsi ai propri nemici.

«Beh, era quello che pensavo», disse Lilly, dopo qualche secondo di silenzio.

«Lo riporteremo qui», disse Jack, anche se sapeva di aver già perso questa battaglia, con Lilly. Lei non era certo una tipa arrendevole, ma d'altronde si aspettava davvero di vincere questa discussione?

«Non è abbastanza. Vengo con voi».

Ace e Fox si scambiarono

improvvisamente uno sguardo e ridacchiarono.

«Non mi sosterrete, vero?» Chiese Jack. Quando scossero la testa, Jack guardò Lilly. «Rimarrete fuori dall'edificio finché non ti chiederò di entrare. È chiaro?»

Lilly annuì. «Come il sole».

«Ok», disse Ace, prendendo il comando. «Andiamo».

24

L’impianto in cui Smith aveva trasferito i macchinari, dopo aver abbandonato quello di Great Falls, si trovava in un’area boschiva fuori Manassas, in Virginia. Il viaggio sarebbe dovuto durare solo un’ora e quindici minuti, ma un incidente in autostrada aveva causato un lungo ritardo. La deviazione che erano stati costretti a fare aveva aggiunto quasi un’altra ora al loro viaggio. Quando arrivarono a destinazione, mancavano quindici minuti alle cinque.

Ace aveva guidato e Jack si era seduto

davanti. Michelle, che era seduta sul retro del furgone con Fox, Lilly e un computer portatile, li aveva tenuti al corrente di ciò che stava accadendo nelle vicinanze dell'edificio. Tutti i membri dell'auto indossavano un giubbotto di kevlar ed erano dotati di auricolari per poter comunicare facilmente, una volta entrati nell'edificio.

«C'è sicuramente qualcosa sotto», disse Michelle. mentre si fermavano a circa cinquecento metri di distanza.

Jack si girò sul sedile del passeggero e guardò Michelle. «Sai se ci sono telecamere di sorveglianza, intorno all'edificio?».

«È difficile da vedere, nell'immagine satellitare, ma supponiamo che ci siano delle telecamere che li avvertono dell'avvicinarsi di qualcuno», disse Michelle.

«Dobbiamo farli fuori», disse Jack.

«È più facile a dirsi che a farsi», disse Michelle. «Il problema è che, se togliessi la corrente alla struttura, saprebbero che stiamo arrivando».

«Sarà meglio tenerlo come ultima

risorsa», interloquì Ace, poi guardò Jack. «Quanto sei bravo a sparare?»

«Abbastanza bravo», disse Jack, comprendendo cos'avesse in mente Ace. «Michelle, quanti ingressi abbiamo a disposizione?»

«Uno davanti e uno dietro, oltre alla banchina di carico».

Michelle girò il portatile in modo che tutti potessero vederlo, mentre indicava le macchie sull'immagine satellitare sgranata.

«Dobbiamo presumere che abbiano telecamere a tutte e tre le entrate. Se riuscissimo ad avere una linea di tiro chiara, sparando a tutte le telecamere contemporaneamente, potrebbero pensare che si tratti solo di un inconveniente tecnico», disse Jack.

«Ok», disse Ace, «possiamo farlo. Dovremo usare i silenziatori e avvicinarci a piedi attraverso il bosco».

«Facciamolo», acconsentì Jack. «Fox?»

Fox estrasse la sua pistola e avvitò il silenziatore sulla canna. «Sono pronto quando lo sei tu».

«Lilly, tu e Michelle restate qui finché non sappiamo cosa sta succedendo dentro», disse Jack.

«Fai attenzione», disse Lilly. Sembrava preoccupata.

«Faccio sempre attenzione», le assicurò Jack.

Qualche istante dopo, Ace, Fox e Jack uscirono dal veicolo.

«Fox, tu prendi l'ingresso posteriore, io quello anteriore», disse Ace, «Yankee, tu prendi la banchina di carico».

Si misero in fila e marciarono verso il bosco. Gli alberi e le sterpaglie fornivano una buona copertura. Smith e i suoi amici avevano probabilmente scelto questa posizione perché l'edificio non era facilmente visibile dalla strada, nascondendo così le loro attività nefaste al pubblico. Ma la posizione nascosta significava anche che Jack e i suoi colleghi agenti Stargate potevano avvicinarsi all'edificio senza essere visti.

Jack si affrettò ad attraversare il bosco, scrutando costantemente l'area alla ricerca di cavi o telecamere. Non ne rilevò nessuna. Se avesse voluto creare una struttura come questa, si sarebbe assicurato di disseminare sensori di movimento tra gli alberi intorno all'edificio per essere avvisato di un'imboscata.

Jack era quasi al suo posto, quando sentì Ace all'orecchio. «Ho la visuale della telecamera sopra l'ingresso principale».

«Mi sto avvicinando», disse Fox.

«Ci sono quasi», aggiunse Jack.

Si trovava ormai a circa cento metri dall'edificio e, superando di soppiatto un grande albero, individuò la banchina di carico. Un furgone bianco era parcheggiato lì, ma la cabina del conducente era vuota. Jack lasciò vagare lo sguardo, ma non riuscì a vedere nessuno. Doveva presumere che l'autista fosse all'interno dell'edificio.

Le doppie porte che conducevano dalla banchina di carico all'edificio erano sotto gli occhi di Jack, anche se doveva mirare alla telecamera sopra di esse di lato, dato che il furgone bloccava la sua visuale diretta.

«In posizione», sussurrò Jack nel microfono.

«Anche io», disse Fox.

«Al mio tre», disse Ace. «Uno, due, tre».

Jack premette il grilletto. Il proiettile trovò il suo bersaglio. L'obiettivo della telecamera andò in frantumi e i frammenti di vetro caddero a terra. «Colpo diretto».

«La telecamera della porta d'ingresso è distrutta».

«Anche quella della porta sul retro», ha aggiunto Fox.

«Avvicinatevi ai punti di ingresso», disse Ace. «Fate rapporto quando avete forzato la serratura».

Tenendosi il più basso possibile e usando tutto ciò che aveva a disposizione come copertura, Jack si avvicinò alla banchina di carico. Si guardò intorno, ma non vide nessuno. Le finestre su questo lato dell'edificio erano in alto ed era abbastanza sicuro che nessuno stesse guardando. Se la sua premonizione era corretta, erano troppo occupati all'interno. Diede un'occhiata all'orologio. Mancavano cinque minuti alle

17:00. Si stavano avvicinando, troppo per i suoi gusti.

Quando Jack raggiunse le doppie porte della banchina di carico, si accorse che erano socchiuse.

«Le porte della banchina di carico non sono chiuse a chiave», riferì ad Ace.

«Sto lavorando alla porta sul retro», disse Fox.

«Ho bisogno di qualche secondo, sul davanti», rispose Ace.

Jack si schiacciò contro il muro accanto alle doppie porte, scrutando l'ambiente circostante. I secondi sembrarono minuti.

«Ace?»

«Ho fatto», disse Ace.

«Anch'io», rispose Fox.

«Ci vediamo dentro», disse Ace.

Jack aprì la porta e ascoltò i rumori provenienti dall'interno, poi sbirciò dentro. L'area della banchina di carico era poco illuminata e silenziosa. Jack si infilò all'interno. Si trovò in un'area con pallet e materiali da imballaggio, casse e scatole vuote. Una tenda di spessi fogli di plastica, come quelle negli spazi refrigerati di un impianto di confezionamento della carne, separava l'area dal resto dell'edificio. Attenuava le voci e i suoni provenienti dalla parte principale dell'edificio.

Jack separò i teli di plastica di un centimetro e sbirciò in quello spazio. Non ci mise molto per capire con cosa avessero a che fare. Fece scivolare di nuovo la plastica e si ritirò di qualche metro, prima di osare sussurrare nel microfono.

«La banchina di carico è libera. La macchina è nel quadrante sud-est. Non ho una visuale libera. Ci sono dei pallet impilati nel quadrante nord-ovest che bloccano parzialmente la mia visuale».

«Ho una visuale diretta», confermò Fox. «Tiger è già nella macchina».

«Sento il suono. La macchina è in funzione», aggiunse Ace. «Fox, quanti uomini vedi?»

«Tre vicini alla macchina. Due indossano camici bianchi, uno di loro sta iniettando qualcosa nella flebo di Tiger. Un terzo indossa una tuta blu».

«Vedo quello con la tuta blu», disse Ace. «Yankee?»

Jack sbirciò ancora una volta nella stanza. «Negativo, non riesco a vedere nessuno di loro, dal mio punto di osservazione». Poi notò un movimento con la coda dell'occhio e girò la testa. «Due persone si stanno avvicinando dal quadrante nord-est. Una in giacca e cravatta. L'altro vestito di nero. È armato».

L'uomo armato mosse la testa in direzione di Jack, che indietreggiò rapidamente dietro la spessa tenda di plastica.

«Il vestito e l'uomo armato sono nella mia visuale», disse Ace, un attimo dopo.

«C'è un altro uomo armato, sta arrivando da un'altra porta», disse Fox. «Forse un bagno».

«Dove sta andando?» Chiese Jack.

«Si dirige nella tua direzione, Yankee».

Jack si spostò di lato per premersi contro il muro accanto alla tenda di plastica, con la pistola pronta, quando sentì la voce di Michelle nell'orecchio.

«Qualcuno si sta dirigendo verso la zona di carico».

Jack non poté rispondere per chiedere ulteriori dettagli, perché l'uomo armato si limitò ad aprire la tenda di plastica dell'area in cui Jack stava aspettando. Non passò, ma guardò verso le doppie porte.

«Qualcuno mi sente?» Chiese Michelle.

Anche Ace e Fox non risposero, il che poteva solo significare che anche loro erano troppo vicini agli scagnozzi di Smith e dovevano rimanere in silenzio.

Jack spostò il peso da un piede all'altro per ruotare il busto, in modo da poter mirare all'uomo armato e farlo fuori. I detriti sotto il suo piede emisero un suono. Non fu forte, ma sufficiente perché la guardia girasse la testa e prendesse la pistola.

«Violazione della sicurezza!» urlò il tizio.

Jack si girò per puntare la pistola nella sua direzione, cercando di non offrire al tipo un bersaglio troppo ampio. Jack sparò, ma anche l'altro lo fece e lo sparo del suo avversario riecheggiò nel piccolo spazio. Jack sentì il proiettile sfiorargli il braccio, ma non provò alcun dolore. Il sangue sgorgava dal bicipite della guardia, ma lui era ancora in piedi.

Jack sparò un secondo colpo, prima che l'aggressore potesse prendere la mira con il braccio ferito. Il secondo proiettile lo colpì in pieno petto. Con la coda dell'occhio, Jack vide un movimento proveniente dalle doppie porte. Troppo tardi, si voltò. L'uomo di cui Michelle lo aveva avvertito lo aveva già raggiunto e lo aveva placcato a terra, facendogli perdere il fiato.

Jack sentì delle grida provenire dall'interno della struttura in cui si trovava la macchina per la risonanza magnetica. Dovette presumere che tutti avessero sentito lo sparo della guardia e che Ace e Fox avessero fatto del loro meglio per impedire che altri si dirigessero verso la banchina di carico.

Jack diede un pugno al suo aggressore e si accorse solo in quel momento di aver perso la pistola, durante la caduta. Per fortuna nemmeno l'altro tizio aveva una pistola, altrimenti, suppose Jack, non lo avrebbe caricato come un giocatore di football, ma gli avrebbe sparato. L'aggressore era più pesante di Jack di almeno venti chili. Nonostante questo vantaggio e la sua posizione a terra, Jack riuscì a tenerlo a bada.

«Michelle, togli la corrente!»

Era la voce di Ace, quella che sentì attraverso l'auricolare.

«Ci penso io!» Fu la risposta di Michelle.

Nel frattempo, Jack riuscì a sferrare un pugno alla gola dell'aggressore, facendolo soffocare. Approfittò di questa distrazione temporanea per scalciare via l'aggressore e rotolare di lato. Jack saltò in piedi e vide la sua pistola a pochi metri da dove era caduta la guardia armata. Accanto al morto c'era anche una pistola. Jack si precipitò verso la sua Glock. L'assalitore si rialzò barcollando in piedi, con gli occhi puntati sulla pistola del morto, proprio mentre le luci si spegnevano.

Michelle era riuscita a togliere la corrente. Solo un filo di luce traspariva dalle doppie porte parzialmente chiuse nello spazio in cui Jack stava combattendo. Jack si affrettò a prendere la sua pistola, sperando di aver valutato correttamente la distanza. Con la punta delle dita della mano sinistra, Jack sentì il metallo freddo della Glock. Si allungò ancora di più per avvolgerla con la mano.

In quel momento, sentì un forte ronzio simile a quello di una fornace e un istante dopo le luci si riaccesero. Jack non ebbe il tempo di trasferire la pistola nella mano destra, perché l'assalitore ora aveva una pistola puntata nella sua direzione. Jack premette il grilletto due volte in rapida successione. Il pesante avversario cadde come un albero morto.

«Michelle, è tornata la corrente!» Fox urlò.

«Hanno dei generatori di riserva. Devo entrare», rispose Michelle, respirando affannosamente, come se stesse già correndo verso l'edificio.

Jack saltò in piedi e passò attraverso la tenda di plastica. Altri spari provenivano dall'area in cui si trovava la macchina per la risonanza magnetica sovradimensionata. Contemporaneamente, sentì attraverso l'auricolare qualcuno che gridava di dolore. Non sapeva se fosse Fox o Ace, ma sapeva che i suoi amici erano nei guai.

25

Lilly corse verso l'edificio insieme a Michelle.

«Jack si infurierà», la avvertì Michelle.

«Sì, beh, me ne occuperò più tardi. Ora dobbiamo aiutare lui e gli altri».

Aveva sentito gli spari dall'interno della struttura e sapeva che provenivano dai loro nemici, perché erano troppo forti per provenire da armi con silenziatore.

«Devo trovare il generatore di emergenza», disse Michelle. «Aiutami a cercare all'esterno dell'edificio».

«Non posso», disse Lilly, «devo far uscire

Tiger dalla macchina o subirà danni cerebrali permanenti».

Arrivata all'ingresso, Michelle emise un respiro affannoso. «Fai attenzione. O Jack vorrà anche la mia testa».

«Trova il generatore. Vai!» Lilly disse e aprì la porta d'ingresso non chiusa a chiave.

Una volta all'interno si guardò intorno. Aveva sentito gli uomini parlare di quadranti e delle loro varie direzioni nelle loro comunicazioni, ma nord-ovest e sud-est non significavano nulla, per lei. Non potevano semplicemente dire davanti a sinistra o dietro a destra? No, dovevano usare i punti cardinali, come se lei sapesse usare una bussola!

I pallet accatastati in alto le bloccavano la visuale sul retro dell'edificio. Lasciando vagare lo sguardo a destra e a sinistra, Lilly si diresse verso il bordo sinistro dei pallet, dove un percorso conduceva all'interno dell'edificio. All'angolo, sbirciò oltre i pallet. Vide la parte superiore della macchina per la risonanza magnetica, dietro un carrello elevatore e alcune scaffalature metalliche.

Da dietro di loro provenivano grugniti e altri suoni che indicavano che diversi uomini erano impegnati in un combattimento corpo a corpo, anche se non riusciva a vedere molto. Vetri e oggetti metallici andarono in frantumi e di nuovo ci fu uno sparo. Vide Jack che veniva sbattuto contro uno scaffale di metallo e un uomo vestito di nero che si tuffava dietro di lui.

Merda! Doveva aiutare Jack e gli altri, anche se sapeva di non avere alcuna possibilità, se uno dei cattivi l'avesse inseguita. Ma con Ace, Fox e Jack che combattevano contro i loro avversari, lei era l'unica che poteva scollegare Tiger dalla macchina.

Lilly corse lungo lo stretto percorso tra le pile di pallet, tenendosi bassa, in modo che nessuno la vedesse avvicinarsi.

«Ace, alla tua sinistra!» Sentì la voce di Jack nell'auricolare.

Sentire la voce di Jack significava che stava avendo la meglio sul suo avversario. Ma non aveva tempo di cercare lui, Ace o Fox per vedere se stessero bene. Si diresse subito verso la macchina per la risonanza magnetica. Ora la vedeva chiaramente. Davanti a essa, un uomo in camice bianco giaceva a terra, sanguinando copiosamente da una ferita al petto.

Sulla barella giaceva un uomo di colore. Non poteva vedere il suo volto poiché la parte superiore del corpo era all'interno della macchina. Era vestito con un camice verde e a piedi nudi. I polsi, i piedi e la vita erano fissati alla barella con cinghie di cuoio. Lilly dovette supporre che anche la testa e le spalle fossero legate. Sulla mano sinistra c'era un ago a farfalla collegato a una flebo che pendeva da un'asta.

Accanto alla macchina per la risonanza magnetica c'erano una console, una torre di server e due monitor da computer che sembravano registrare le onde cerebrali, oltre a un altro pannello con dei pulsanti. Dovette supporre che si trattasse dell'apparecchiatura elettronica che controllava la macchina. Gettò uno sguardo alla sua sinistra e vide Fox che lottava con un uomo in tuta blu e lo sbatteva contro una porta. Alle spalle di Fox un altro uomo si lanciava contro di lui.

«Fox, dietro di te!» Urlò nel microfono.

Vide Fox girarsi di scatto, ma il tizio lo stava già afferrando.

«Lilly?» Jack disse, attraverso l'auricolare, sembrando senza fiato. «Vattene via, cazzo!»

«Devo far uscire Tiger dalla macchina», disse e tornò al pannello di controllo. Appoggiò la pistola sul tavolo, mentre cercava freneticamente un interruttore di spegnimento, ma non c'era. C'erano diversi pulsanti con dei simboli.

Cazzo! Odiava tirare a indovinare. Fece un respiro. Quattro pulsanti avevano delle frecce. Ne premette uno e guardò la barella. Si spostò più avanti nella macchina.

«Merda!»

Premette il pulsante con la freccia rivolta nella direzione opposta. La barella si spostò nella direzione opposta. Lilly tirò un sospiro di sollievo quando vide il petto di Tiger e infine la sua testa uscire, mentre la macchina per la risonanza magnetica continuava a ronzare e a compiere il suo movimento circolare. La testa di Tiger era bloccata da un tutore. Sembrava quasi un casco, anche se era di plastica. Si precipitò al suo fianco.

«Tiger, sono qui per farti uscire», disse rapidamente ed esaminò il meccanismo di chiusura.

Un'occhiata al suo viso le fece capire che era semi-cosciente.

«Resta con me, Tiger», disse, con dolcezza. «Resta sveglio».

Cercò di girare il casco per capire come fosse attaccato e dovette rendersi conto che il casco era parte della barella e non riusciva a vedere nessun gancio o altro per capire come aprirlo e liberare Tiger.

Cazzo!

Forse, se prima gli avesse tolto tutte le altre cinghie, sarebbe riuscita a muoverlo a sufficienza per trovare un meccanismo di apertura. Rapidamente, gli tolse le cinghie di cuoio ai piedi, alla vita e ai polsi.

«Tiger, muovi le mani e i piedi se mi senti», disse.

Dietro di lei, sentì una pila di pallet che si schiantava e degli uomini che gridavano di dolore, ma non ebbe il tempo di guardare cosa stesse succedendo. Doveva togliere Tiger dalla barella, anche se si rese conto che non sarebbe stato in grado di aiutarla in alcun modo: le sue mani e i suoi piedi non si muovevano. Era paralizzato, probabilmente a causa dei farmaci che gli avevano somministrato. Guardò il vassoio accanto alla console. C'erano una fiala e un ago. Midazolam, proprio come aveva sospettato. Staccò la flebo dall'ago della flebo di Tiger, ma lo lasciò nella sua mano. Molto probabilmente la flebo era solo una soluzione salina, ma non poteva essere sicura che non contenesse altro sedativo per tenerlo paralizzato.

«Ascolta la mia voce, Tiger, resta con me», disse.

Lilly ebbe qualche difficoltà a sciogliere la cinghia di cuoio che era strettamente legata ai pettorali e ai bicipiti di Tiger. Dovette strattonarla, usando tutta la sua forza per sganciarla. Il suo cuore batteva freneticamente non solo per lo stress fisico, ma anche per quello mentale. Lanciò un rapido sguardo verso gli agenti di Stargate che stavano combattendo.

Vide Ace correre dietro a un uomo in camice bianco che cercava di fuggire dall'uscita posteriore. Fox stava ancora combattendo contro il suo avversario, cercando di strappargli la pistola. Non aveva una visione chiara di Jack e dell'uomo con cui stava combattendo. Il loro scontro li aveva portati dietro i pallet.

Lilly si voltò di nuovo verso la console, cercando qualcosa che le indicasse come far uscire la testa di Tiger dall'elmetto stretto. Forse uno dei pulsanti con un simbolo? Sentì il sudore accumularsi sulla nuca e sulla fronte, ma si costrinse a mantenere la calma. Doveva mantenere la lucidità, se voleva aiutare Tiger.

Un movimento alla sua destra la fece girare di scatto nella sua direzione. Troppo tardi. L'uomo di mezza età in giacca e cravatta le stava puntando contro una pistola. Lei si bloccò.

«Si allontani dalla console», ordinò e fece un movimento di allontanamento con la pistola.

La sua pistola giaceva sulla console, dove l'aveva appoggiata prima per liberare le mani. Anche l'uomo la vide.

«Le ho detto di allontanarsi dalla console, signorina Davis, e non dica una sola parola, o sarà l'ultima».

In quel momento riconobbe la sua voce. Era lo stesso uomo che aveva finto di essere Henry Sheppard. Doveva essere Smith. Fece un passo indietro e si allontanò dalla console. Perché non le aveva ancora sparato? Guardò verso l'area in cui Fox stava combattendo con l'uomo in tuta blu. Non stava guardando nella sua direzione. Quando si voltò a guardare la pistola di Smith, si rese conto che non aveva il silenziatore.

Lei allora capì. Non voleva spararle, perché avrebbe allertato Fox e Jack. Rimase ferma, sperando che uno degli agenti Stargate si accorgesse che era nei guai.

Smith si avvicinò alla torre del server,

con la pistola ancora puntata su di lei. Era a un metro da lei quando si chinò verso il server, premette una leva e un vano si aprì. Lo raggiunse ed estrasse un componente che sembrava un disco rigido. Lo infilò nella tasca della giacca. Ecco perché non era ancora fuggito. Aveva bisogno di tutti i dati raccolti dalla macchina.

Smith si chinò di nuovo verso la console e premette un pulsante. Con orrore, Lilly guardò la barella che si spostava verso la macchina per la risonanza magnetica, con Tiger ancora agganciato al casco. E anche se il meccanismo avesse ceduto, non sarebbe stato in grado di fuggire, dato che il farmaco paralizzante era ancora in circolo.

«Lilly!» Jack urlò da qualche parte alle sue spalle e la sua voce risuonò contemporaneamente nel suo auricolare. Jack aveva visto la situazione in cui si trovava. L'avrebbe tirata fuori e aiutata a salvare Tiger.

Il suo sollievo durò poco. Smith la afferrò e nel frattempo il suo auricolare cadde a terra. La tirò davanti a sé, con un braccio che le circondò il busto e le imprigionò le braccia, mentre con l'altra mano le puntò la pistola sotto il mento, con la canna che premeva sulla morbida carne sotto la mascella.

Ora era il suo ostaggio e il suo scudo umano.

26

Questo era il suo peggior incubo, e si stava svolgendo davanti ai suoi occhi. Jack aveva mandato il suo avversario nell'aldilà e si era precipitato verso la macchina per la risonanza magnetica per aiutare Tiger a liberarsi, chiamando Lilly, prima di vedere l'uomo con la pistola dietro di lei.

Il modo in cui l'uomo in giacca e cravatta puntava la pistola alla testa di Lilly significava che anche un tiratore esperto come Jack non avrebbe potuto eliminare il rapitore di Lilly prima che uccidesse Lilly.

«Getta l'arma a terra», ordinò l'uomo.

Jack esitò, ma non aveva scelta. Si chinò e posò la Glock a terra, prima di rialzarsi.

«Ora calciala nella mia direzione».

Jack fece come gli era stato detto, senza mai staccare gli occhi da lui e da Lilly. Il volto di Lilly era una maschera di paura e lui avrebbe voluto dirle che sarebbe andato tutto bene.

«Lasciala andare», chiese Jack.

L'uomo fece una risatina. «Non succederà. Lei è il mio biglietto per uscire da qui».

«Cosa vuoi?»

L'uomo ignorò la domanda e guardò oltre Jack. Dei passi si stavano avvicinando.

«Fox», disse l'uomo, «getta la pistola e calciala alla tua sinistra, o faccio saltare la testa di Lilly».

«Non lo farai», disse Fox. «Hai bisogno di Lilly viva, per uscire da qui. È difficile usare un corpo morto come scudo».

«Fox!» Jack lo avvertì. «Fai come dice. Sta tenendo una pistola proprio sotto il suo mento».

L'ultima frase non era a beneficio di Fox,

ma di Ace e Michelle. Lo avrebbero sentito attraverso i loro auricolari. Tuttavia, nessuno dei due rispose. Ace non aveva sconfitto il suo avversario? Era ferito o, peggio, morto?

«Ascolta il tuo amico, Fox», disse il rapitore di Lilly e iniziò a camminare lentamente all'indietro, trascinando Lilly con sé, usandola come scudo per impedire a Fox di avere una visuale chiara. «Sto diventando molto impaziente. E quando sono impaziente, faccio cose irrazionali». Spostò la canna della pistola verso l'alto, conficcandola nella zona morbida sotto il mento di Lilly.

Lilly gridò di dolore. Jack vide i suoi occhi riempirsi di lacrime. La disperazione li riempì.

«Bene», capitolò, infine, Fox.

Jack lo sentì posare la pistola a terra e poi calciarla via.

«Beh, era così difficile?» Disse, in tono sarcastico, il rapitore di Lilly. «Ora, se non ti dispiace, ho dei posti dove andare, delle persone da vedere...»

Camminò di lato con Lilly ancora nelle

sue grinfie, dirigendosi verso l'uscita principale.

Attraverso l'auricolare, Jack sentì improvvisamente Michelle sussurrare: «Le luci si spegneranno al tre».

Jack guardò il punto in cui era caduta la sua pistola, mentre contava nella sua testa.

Uno.

Due.

Le luci si spensero in tutto l'edificio e la macchina per la risonanza magnetica si spense.

Nell'oscurità, Jack si affrettò a prendere la sua pistola. Nel frattempo, sentì dei movimenti, delle imprecazioni, dei grugniti e un grido di dolore proveniente da Lilly. Il rapitore di Lilly stava cercando di scappare con lei in ostaggio. Jack cercò la sua pistola sul pavimento, ma ci mise diversi secondi per trovarla. Alla fine, afferrò l'impugnatura e si precipitò verso la parete opposta. Sentì qualcuno che si schiantava contro una pila di pallet e il suono indicò che una pila stava crollando.

«Ho la pistola», sussurrò Jack nel microfono.

«Anch'io», rispose Fox allo stesso modo.

«Fox, coprimi», disse Jack.

«Ricevuto», rispose Fox.

«Michelle, accendi le luci al tre», ordinò Jack.

Di nuovo, Jack contò nella sua testa.

Le luci si accesero e allo stesso tempo la macchina per la risonanza magnetica ricominciò a ronzare.

Jack fissò la direzione che il rapitore di Lilly aveva preso e vide la pila di pallet che era crollata. Accanto ad essa, Lilly era a terra, gemente. Jack si precipitò da lei.

«Lilly, stai bene? Oh, mio Dio, ti ha sparato?»

La raggiunse e si accovacciò, lasciando che i suoi occhi vagassero sul suo corpo.

«No, mi ha sbattuto contro i bancali quando si è spenta la luce», disse Lilly, trasalendo mentre lui la aiutava ad alzarsi. Respirava a fatica.

«Sei sicura di stare bene?»

«Sto bene». Indicò l'uscita principale. «Ho riconosciuto la sua voce. Era quello che fingeva di essere Henry Sheppard».

«Allora quello deve essere Smith», ipotizzò Jack.

Fox li stava già superando di corsa. «Prendiamo Smith».

«Ho bisogno del vostro aiuto per tirare fuori Tiger dalla macchina», disse Lilly, correndo già verso di essa. «La sua testa è bloccata in un casco attaccato alla barella».

«Merda!» Jack imprecò, seguendo Lilly.

Tramite il suo microfono Jack disse: «Ace, dove sei? Michelle, riesci a vedere Ace? Smith sta scappando dal davanti».

Dopo qualche secondo, Michelle rispose: «Ace sta bene. È stato steso, ma sta bene».

«Sto bene», disse Ace, con un gemito.

«Fox si sta dirigendo all'ingresso, sta seguendo Smith. Devo aiutare Lilly a far uscire Tiger dalla macchina per la risonanza magnetica». Jack raggiunse la macchina.

«Posso togliere di nuovo la corrente», disse Michelle.

«Sì, togli la corrente», disse Jack.

«No!» Lilly gridò. «Ho bisogno di energia per far uscire la barella. O Tiger rimarrà bloccato all'interno».

«Hai sentito, Michelle? Lascia la corrente accesa».

«Ok».

Jack guardò Lilly premere un pulsante e lentamente la barella con Tiger sopra uscì dalla macchina, fino a quando l'intero corpo di Tiger non fu fuori. Jack capì subito perché Lilly aveva bisogno del suo aiuto. Il casco intorno alla testa di Tiger era fuso con la barella e quest'ultima era a sua volta saldamente attaccata alla macchina. Non c'era modo di staccare la barella e di trasportare Tiger con quella fuori dalla macchina. Dovevano liberarlo dal casco, adesso.

«Puoi togliergli il casco?» Lilly chiese, freneticamente, mentre frugava tra le siringhe e i flaconi sullo scaffale accanto alla macchina.

«Ci penso io», disse Jack, poi lanciò

un'occhiata a Lilly che riempiva una siringa con un liquido chiaro da un flacone di medicinale. «Cosa stai facendo?»

«Tiger è stato drogato con il Midazolam. Gli sto dando il Flumazenil per contrastare il Midazolam».

Jack osservò da vicino il casco e il modo in cui era chiuso intorno alla testa di Tiger. All'inizio gli era sembrato che la plastica bianca fosse un pezzo unico, ma poi percepì una scanalatura con le dita. Premette contro di essa e improvvisamente il casco si separò nella parte anteriore e le due metà si aprirono come un guscio di conchiglia.

«Ce l'ho fatta».

Vide come Lilly iniettò la siringa nell'ago della flebo di Tiger, poi mise da parte la siringa vuota. Si chinò sulla testa di Tiger. I suoi occhi erano aperti.

«Stai bene, Tiger, ti ho dato un antidoto. So che non puoi ancora muoverti, ma la paralisi è solo temporanea. Ti prometto che starai bene».

Sembrava che Tiger cercasse di sbattere

le palpebre, ma il movimento delle sue palpebre era appena visibile.

«Tiger, sono Yankee. Ora sei al sicuro».

Jack si guardò alle spalle, quando sentì dei passi avvicinarsi rapidamente. Vide Fox, Ace e Michelle venire verso di lui.

«Avete preso Smith?» Chiese Jack.

Ace e Fox scossero entrambi la testa.

«È scappato prima che potessimo raggiungerlo», disse Fox.

«Mi dispiace, non sono stato di grande aiuto. Quell'idiota con cui ho combattuto aveva un gancio destro molto potente», disse Ace, massaggiandosi la mascella. Poi indicò la barella. «Come sta Tiger? Ce la farà?»

«Sì», disse Lilly. «Starà bene. Ma dovrete portarlo fuori di qui a braccia. Ci vorranno un paio d'ore, prima che la paralisi svanisca».

Ace annuì. «Ok, allora prima di tutto miniamo questo posto. Fox, puoi sistemare le cariche, mentre io e Yankee portiamo qui tutti i corpi?»

Fox annuì.

«Qualcun altro è scappato?» Chiese Jack.

Ace scosse la testa. «Solo Smith».

«Ci preoccuperemo di lui più tardi», disse Jack. «Ripuliamo tutto, così possiamo andarcene da qui».

27

Dopo aver rimosso tutte le armi dalla struttura di Manassas e averla dotata di esplosivi, Michelle, Lilly, Jack e i suoi colleghi agenti Stargate Ace, Fox e Tiger, si mossero per tornare alla villa di Ace. Michelle riprese l'esplosione attraverso il satellite dirottato e la scaricò sul suo tablet, prima di cancellare tutto ciò che il satellite aveva ripreso, reindirizzandolo e risistemandolo nella sua posizione originale. Fox e Michelle assicurarono loro che nessuno avrebbe trovato alcun filmato di ciò che era accaduto nella struttura segreta di Smith.

Ci vollero diverse ore, finché Tiger non si sentisse abbastanza bene da sedersi e raccontare cosa gli era successo e, cosa ancora più importante, perché Smith lo aveva catturato e aveva cercato di scansionare il suo cervello.

Phoebe aveva preparato l'ampio salone della villa, preparando cibo e bevande per la squadra perché si riprendesse dalla missione, mentre Lilly controllò le loro ferite, somministrando il primo soccorso.

Fortunatamente, tutti se l'erano cavata solo con dei lividi. Il proiettile che aveva sfiorato il braccio di Jack non aveva provocato danni reali, a parte il distacco di uno strato di pelle. Il volto di Ace era gonfio per i pugni ricevuti dall'avversario e Lilly aveva assicurato a Phoebe che il suo fidanzato non mostrava segni di commozione cerebrale. Finalmente Lilly poté tirare un sospiro di sollievo. Era un miracolo, che fossero tutti sopravvissuti senza riportare gravi ferite. Anche se era ancora preoccupata per la salute di Tiger e avrebbe voluto mandarlo a farsi controllare in ospedale, Lilly sapeva che non era un'opzione possibile.

Lilly mise da parte l'imponente kit di pronto soccorso che Phoebe le aveva dato. A giudicare dal suo aspetto, si trattava di un articolo usato spesso. Aveva intenzione di ampliare il kit, non appena fosse riuscita a mettere le mani su altre forniture mediche e farmaci come antibiotici e antidoti per le droghe più comuni. Dopo l'esperienza di poco prima, aveva la sensazione che questa non sarebbe stata l'ultima volta in cui avrebbe dovuto applicare le cose che aveva imparato durante la rotazione al pronto soccorso.

Lilly prese posto accanto a Jack sul divano. Tutti aspettavano pazientemente, ma con trepidazione, di sapere cosa Tiger, il cui vero nome era Jay Garner, aveva saputo durante la sua cattura.

Ora indossava i vestiti che gli aveva dato

Ace, un paio di pantaloni kaki e una maglietta. Aveva un aspetto migliore. I suoi occhi grigio chiaro sembravano limpidi, segno che le droghe presenti nel suo organismo erano state in gran parte eliminate. La sua testa era rasata a zero e su di essa gli elettrodi avevano lasciato delle impronte. Presto sarebbero scomparse. Certamente, dal punto di vista fisico, Tiger si sarebbe ripreso completamente. Per quanto riguardava il suo stato mentale ed emotivo, potevano solo aspettare e vedere.

«Grazie», disse Tiger, «se non foste venuti tutti a tirarmi fuori di lì, il mio cervello ora sarebbe in pappa». Guardò tutti loro, uno per uno. «So quali rischi avete dovuto correre».

«Fa parte del lavoro», disse Jack. «Raccontaci cosa è successo. Come ti hanno preso?».

Tiger fece un'alzata di spalle. «Come diceva sempre mio padre: nessuna buona azione rimane impunita. Ho avuto una visione di un incendio in una casa in cui una donna anziana moriva bruciata con i suoi due nipoti. Sono arrivato sul posto quando il fuoco aveva già bloccato l'uscita. Ho sfondato una finestra sul retro e ho portato in salvo la donna e i bambini. Ma non sono riuscito ad allontanarmi abbastanza in fretta e un passante impaziente ha filmato l'incendio, invece di aiutarmi e l'ha postato sui suoi account nei social media».

«Smith deve averti riconosciuto», disse Jack.

«È quello che ho pensato, ma come?» Chiese Tiger. «Come faceva ad avere una foto del mio aspetto?»

«Posso spiegartelo io», disse Fox. «Quando sono andato a Langley per entrare nei vecchi file di Sheppard per trovare il suo file principale su tutti i suoi agenti Stargate, ho notato che qualcuno li aveva cancellati. Presumo che la persona che l'ha fatto sia Smith, ma non prima di averne fatto una copia per sé».

«Quindi sa di tutti noi?»

«Temo di sì», disse Fox, «ma lo sappiamo anche noi. Ho la stessa lista».

«Come? Hai appena detto che Smith l'aveva cancellata», disse Tiger, confuso.

«L'ha fatto, ma c'era un backup a cui ho potuto accedere. È così che abbiamo capito che eri uno di noi». Si girò con il mento verso Jack. «Così, quando Yankee ha avuto una visione su di te in quella macchina per la risonanza magnetica, sapevamo che dovevamo venire a prenderti».

Tiger annuì, comprendendo. Lilly notò che Tiger sembrò tremare, all'improvviso.

«Stai bene? Hai bisogno di sdraiarti?» Gli chiese Lilly.

«Sto bene. Sono solo un po' scosso». Deglutì, poi continuò: «La macchina in cui mi hanno messo... è... non so come descriverla, ma è stata la cosa peggiore che abbia mai provato in tutta la mia vita. Peggio che farsi estrarre un dente del giudizio senza anestesia. La mia testa... era come se stessero cercando di risucchiare il mio cervello dal cranio».

In quel momento Ace si sporse in avanti. «Sai cosa stavano cercando di fare?»

Tiger annuì. «Sono stato cosciente per la maggior parte del tempo, prima che mi mettessero nella macchina. Ma non riuscivo a muovere un muscolo».

«Il Midazolam, ti ha paralizzato», spiegò Lilly.

«Sì, ma potevo ascoltare. Immagino che a quel punto non gli importasse quanto potessi scoprire. Credo che non sarei sopravvissuto alla scansione cerebrale...» Guardò i presenti. Tutti avevano un'aria cupa. «Sì, lo immaginavo. Comunque, hanno detto che stavano accedendo a quella parte del mio cervello che è responsabile delle premonizioni che tutti noi precognitivi sperimentiamo».

«Per fare cosa?» Chiese Jack.

«Da quello che ho potuto capire, stanno cercando di costruire un enorme computer quantistico utilizzando le nostre onde cerebrali».

Fox e Michelle ebbero un sussulto.

«Cosa fa un computer quantistico?» Lilly chiese ai due informatici.

Fox e Michelle si scambiarono uno sguardo. Poi Fox guardò Lilly: «Non so come spiegarlo, ma in pratica un computer quantistico è molto più avanzato di qualsiasi altro computer e può calcolare i dati con una velocità e un'efficienza tali da far sembrare un normale PC come un abaco».

Michelle annuì. «I ricercatori ipotizzano che un computer quantistico potrebbe essere in grado di prevedere gli esiti di eventi che non sono ancora accaduti...»

«...e se Smith sta scansionando i cervelli degli agenti di Stargate», continuò Fox, «per dare questi dati in pasto a un computer quantistico, allora dobbiamo presumere che il computer che stanno costruendo sarà in grado di fare previsioni accurate al cento per cento».

«Tuttavia, per renderlo accurato», disse Michelle, continuando il processo di pensiero di Fox, «hanno bisogno di un campione più ampio».

Tutti sapevano cosa significava.

«Dovranno scansionare il maggior numero possibile di cervelli di precognitivi», ipotizzò Lilly.

Fox annuì. «E chiunque abbia il controllo di questo computer quantico avrà un potere senza precedenti».

«Non si può permettere a nessuno di esercitare tutto questo potere», disse Jack.

«Dovremo impedirgli di costruire quel computer», aggiunse Ace.

«Almeno avete fatto saltare in aria la struttura. Avete distrutto la macchina», disse Tiger. «Questo rallenterà Smith. E ha perso tutti i dati raccolti finora».

Lilly scosse la testa. «Smith ha preso l'hard disk, poco prima di usarmi come scudo umano. L'ho visto metterlo in tasca. Ha ancora i dati».

Ace annuì. «Possono ricostruire la macchina, se non ne hanno già un'altra di riserva. Smith non si fermerà finché non avrà ottenuto ciò che vuole».

«Dobbiamo fermare Smith», disse Jack. «Tagliare la testa del serpente». Guardò Michelle. «C'è qualcosa, nelle immagini satellitari, sulla direzione verso cui Smith stava fuggendo?»

«Temo di no. Si è allontanato a bordo di una berlina rossa, ma è uscito dal raggio d'azione del satellite dopo pochi chilometri. Io e Fox stiamo già controllando le telecamere del traffico della zona. Per ora non c'è nulla. Probabilmente ha abbandonato l'auto appena ha potuto ed è fuggito».

«Se ha raggiunto una stazione ferroviaria o una stazione della metropolitana, a quest'ora potrebbe essere ovunque», aggiunse Fox.

«Almeno ora sappiamo che aspetto ha», disse Jack.

Lilly notò che Tiger si premeva una mano sulla tempia. Preoccupata, si rivolse a lui: «Tiger, ti fa male la testa? Senti dolore? Posso darti qualcosa, per questo».

Lui forzò un sorriso. «Non voglio farmaci. Non farebbero altro che annebbiare i miei sensi. C'è qualcosa che sto dimenticando. Qualcosa di importante».

«Su Smith?» Chiese Jack con impazienza.

«Sì, qualcosa che ha detto al telefono. Ha parlato con qualcuno». Tiger chiuse gli occhi.

«Fai dei respiri profondi», disse Lilly, cercando di calmarlo. «Inspira ed espira, respira».

Tutti i presenti in salotto si ammutolirono.

«Respira», continua Lilly. «Non sforzarti. Verrà da sé».

Tiger fece qualche altro respiro, poi finalmente riaprì gli occhi. «Ora ricordo. Smith ha parlato con qualcuno al telefono. L'ha chiamato signor Jones. Lo ha rassicurato sul fatto che il progetto era in dirittura d'arrivo. A giudicare dal modo in cui gli ha parlato, credo che Jones sia il capo di Smith. Smith non è il grande cervello dietro l'operazione».

«Questo cambia le cose», disse Jack. «Non possiamo uccidere Smith, quando lo troviamo. Almeno non subito. Abbiamo bisogno che ci conduca a Jones».

Lilly guardò i quattro agenti dello Stargate. Sembravano determinati, ora. In qualche modo, avrebbero trovato Smith e Jones e fermato il loro nefasto piano.

«Domani organizzeremo un piano», disse Ace. «Riposate un po', stanotte, tutti quanti. Ci aspetta un sacco di lavoro».

28

Con un bicchiere di whisky in mano, Smith passeggiava nervosamente nel soggiorno della sua casa, che si affacciava sul Potomac. Al di là, le luci della città scintillavano, ma lui non era dell'umore giusto per ammirarne la bellezza. Aveva dei problemi che dovevano essere affrontati. Sapeva di non poter rimandare ulteriormente la chiamata che doveva fare, altrimenti Jones avrebbe scoperto da altre fonti che il magazzino di Manassas non esisteva più.

Quando gli agenti di Stargate avevano

fatto saltare in aria il posto e tutto il suo contenuto, Smith era già sulla buona strada per mettersi in salvo. Aveva visto l'esplosione da un punto elevato a diverse miglia di distanza. Non aveva dubbi sul fatto che nulla nell'edificio sarebbe potuto sopravvivere.

Aveva riconosciuto due degli agenti, Ace e Fox, dalle loro foto nel vecchio archivio di Henry Sheppard. Ma non aveva idea di chi fosse il terzo uomo che li aveva aiutati. Aveva anche riconosciuto Michelle Andrews, l'hacker che un tempo aveva eseguito i suoi ordini, ma che era passata dall'altra parte senza consegnargli Fox. Sospettava quasi che fosse andata a vivere con Fox e che le loro strade si sarebbero incrociate di nuovo.

La sorpresa più grande era stata Lilly Davis. Lo irritava, il fatto che fosse ancora viva. Gli aveva causato abbastanza problemi, scavando nella morte di River. La notizia che all'inizio della giornata Deja Lashae era stata uccisa prima di mandare Lilly Davis al Creatore lo aveva fatto arrabbiare. Nessuno riusciva a fare il proprio lavoro? Doveva fare tutto da solo? Tre sicari erano morti: uno era stato ucciso mentre inseguiva Ace, l'altro mentre cercava di mettere a tacere Michelle Andrews e il terzo mentre cercava di occuparsi di Lilly Davis. Per non parlare dei sette uomini, quattro scienziati e tre guardie di sicurezza, che erano morti a Manassas, anche se erano sostituibili.

Smith svuotò il bicchiere e lo posò. Tirò fuori dalla tasca il cellulare e cliccò sull'unico contatto salvato sul telefono usa e getta. Squillò due volte, prima che rispondesse.

«Cosa c'è?»

«Signor Jones, c'è stato un... incidente».

Ci fu una breve pausa, durante la quale Smith sentì solo il respiro di Jones. Di che umore era, stasera? Probabilmente non aveva importanza, perché una volta che Smith avesse confessato l'accaduto, sarebbe stato sicuramente di cattivo umore.

«Cosa è successo?» Jones chiese con un grugnito.

Smith immaginava Jones che stringeva la mascella cercando di mantenere un'espressione facciale piacevole in modo che chiunque lo guardasse non potesse capire che era infastidito.

«Abbiamo perso l'agente, Tiger».

«Ma che cazzo? Non ti avevo detto di andarci piano, questa volta? Non impari dai tuoi errori? River avrebbe potuto durare di più e darci di più, se tu non avessi avuto fretta».

«Non abbiamo mai avuto la possibilità di collegarci al cervello di Tiger. C'è stata un'imboscata», disse, preparandosi a un altro sfogo dell'uomo che serviva.

«Chi?»

«Almeno altri due agenti Stargate, forse un terzo, ma non era nella lista di Sheppard. E due civili». Decise di non dire che i civili erano donne. Lo avrebbe fatto apparire ancora più incompetente agli occhi di Jones.

«E i tuoi uomini non sono riusciti a gestirli? L'ultima volta che ho controllato c'erano sette persone, oltre a te!»

«Sapevano esattamente dove attaccare».

«Quanti dei nostri abbiamo perso?».

«Tutti».

«Cazzo! E gli agenti di Stargate? Dimmi che ne hai preso almeno uno».

Smith deglutì a fatica. «No. Non c'è stata la possibilità di farlo. Ho dovuto...»

«Scappare con la coda tra le gambe?» Chiese Jones, con sarcasmo.

«Ho preso le unità di backup. Ho salvato i dati. Abbiamo tutti i dati che abbiamo raccolto dai precognitivi. Sono riuscito a uscire prima che il posto esplodesse».

Questo sembrò tranquillizzare un po' Jones, perché la sua voce sembrò più calma quando disse: «Questo ritarderà le cose».

«Lo so, signore, ma possiamo essere operativi in una nuova sede entro un mese».

Ci fu una breve pausa di silenzio.

«Fallo».

«Grazie, signore».

«E, Smith...»

Smith trattenne il respiro.

«Non deludermi di nuovo. O dovrò sostituirti».

Ci fu un clic sulla linea che indicava che Jones aveva riattaccato. Smith si asciugò il sudore dalla fronte. Si versò un altro bicchiere di whisky. La prossima volta avrebbe dovuto fare il lavoro sporco da solo. Niente più assassini a contratto. Erano stati inutili per tre incarichi. E non poteva permettersi un altro errore, perché la minaccia di Jones di sostituirlo non era una minaccia vana e non significava che avrebbe dovuto trovare un nuovo lavoro.

Significava una pallottola in testa. Questo era il modo in cui Jones trattava le persone che diventavano un peso.

29

Jack entrò nella stanza degli ospiti che sarebbe stata casa sua e di Lilly per il prossimo futuro e chiuse la porta dietro di sé. Si tolse gli stivali, si sfilò la maglietta dalla testa e la gettò sulla sedia vicina. Si sedette sul letto e si tolse i calzini, poi continuò, togliendosi i pantaloni. Notò i lividi sul suo corpo, ma sarebbero guariti rapidamente. Quello che avrebbe richiesto un po' più di tempo era il tributo emotivo che gli eventi al magazzino avevano comportato. Vedere Lilly nelle grinfie di Smith era stato più di quanto potesse sopportare.

Lilly si affacciò alla porta del bagno, indossando solo un accappatoio. Quando incontrò il suo sguardo, sul suo volto si diffuse un'espressione timida.

«Ehi», gli disse, la sua voce era un semplice sussurro.

Jack si alzò e si avvicinò a lei, indossando ora solo i boxer. «Io e te abbiamo qualcosa da discutere».

La notò deglutire con forza.

«Lo so».

Lei sollevò le mani per posarle sul suo petto nudo, ma per quanto lui volesse sentire il suo tocco, dovevano fare questa conversazione, adesso. Le afferrò i polsi e li tenne prigionieri.

«Hai idea di cosa hai fatto, stasera?»

Lilly ebbe il buon senso di sembrare come se si vergognasse. «Mi dispiace, ma se non fossi arrivata al momento giusto, Tiger non ce l'avrebbe fatta».

«Smith avrebbe potuto ucciderti».

«Sono ancora viva», mormorò.

«Sei fortunata, a essere viva», la

corresse. Fece un respiro tremante, al ricordo del pericolo che aveva corso. «Non voglio rivivere questa situazione. La prossima volta, devi ascoltare...»

«Jack, ti prego, non arrabbiarti».

Lui la fulminò con lo sguardo. «Ti ho quasi perso! Non capisci? Avrei potuto perderti prima di avere la possibilità di dirti cosa significhi per me. Io...»

«Cosa significo per te?»

Il cuore gli rimbombava nelle orecchie. «Lilly, dannazione, ti amo».

Per un attimo lei rimase in silenzio. «Oh». Il volto di Lilly si bloccò.

Si pentì immediatamente di averle confessato il suo amore. Non l'aveva pianificato. Non avrebbe voluto caricarla di questa consapevolezza, né fare pressione su di lei perché ricambiasse, se non provava lo stesso sentimento.

«Lascia perdere», disse rapidamente e le liberò i polsi.

Lui si voltò, ma lei gli afferrò l'avambraccio e lo fece indietreggiare.

«Oh, no, Jack Porter, non puoi ritrattare

quello che hai appena detto». Scosse la testa. «Neanche per sogno. Non puoi andartene e spezzarmi il cuore una seconda volta. Non puoi dirmi che mi ami e poi sparire dalla mia vita! Pensi davvero che sarei ancora qui con te, se non provassi gli stessi sentimenti? Se non ti amassi anch'io? Jack, sei proprio un idiota. Credo che dovrò insegnarti come funzionano le relazioni, visto che evidentemente non ne hai mai avuta una».

Jack rimase a bocca aperta, con il cuore che batteva all'impazzata. «Stai dicendo che...»

«...che sei uno stronzo? Sì».

«Non quella parte», disse, sorridendo. «La parte in cui mi ami».

Lei gli sorrise. «Oh, quella parte? Sì». Sospirò dolcemente. «Jack, ho imparato a conoscerti grazie a tutte le storie che Thomas mi ha raccontato su di te, sul periodo in cui eravate insieme. Quando finalmente ti ho incontrato a quel barbecue, ero già innamorata di te. Quel sentimento non è mai cambiato, anche se ero così arrabbiata per la tua partenza, così delusa dal fatto che tu non provassi i miei stessi sentimenti. Per quanto abbia cercato di dimenticarti, non ci sono mai riuscita. Ti amo ancora e ogni giorno che passa ti amo sempre di più. Sei un brav'uomo, Jack, onorevole, leale e coraggioso. E non mi importa se dovremo vivere in clandestinità, perché ovunque tu sia, lì sarà la mia casa. Tu, Jack, tu sei la mia casa».

L'agguerrita dichiarazione di Lilly lo mise quasi in ginocchio. Era senza parole. Come potevano due persone provare gli stessi sentimenti, eppure riuscire a reprimere il loro vero desiderio per così tanti anni?

Jack la prese tra le braccia. «Non ti lascerò mai più. Te lo prometto», le mormorò sulle labbra.

«E ti prometto che non ti lascerò mai andare».

«Ci conto».

Lei sfiorò le sue labbra con quelle di lui. «Ora smetti di parlare e fai l'amore con me».

Jack premette le labbra contro le sue e

sentì che si aprivano per invitarlo ad entrare. Passò la lingua nella sua dolce bocca e la esplorò, mentre raggiungeva la cintura dell'accappatoio e la slacciava. L'accappatoio si aprì e lui la liberò, prima di tirare il suo corpo nudo contro il suo. Il corpo di lei si modellò sul suo, la sua pelle morbida e le sue curve lussureggianti scivolarono contro i suoi muscoli sodi, completando perfettamente il suo corpo.

Lilly era lo yin del suo yang. Insieme erano più forti di quando erano separati. Lei glielo aveva provato, stasera, dimostrando di essere alla sua altezza in molte cose, non solo nel sesso. Era forte, coraggiosa e leale. E più sexy di qualsiasi altra donna che avesse mai incontrato. Mentre la stendeva sul letto e si liberava dei boxer, sapeva che non si sarebbe mai stancato di lei, del suo corpo che lo accoglieva, della sua figa che piangeva per lui.

Senza alcuna inibizione, lei allargò le gambe per lui, mentre sosteneva il suo sguardo, chiedendo senza parole che lui la prendesse, che reclamasse ciò che era suo da sempre. Quando i suoi occhi si posarono sulla sua erezione e lei si leccò le labbra, Jack capì che non avrebbero dormito molto, quella notte, anche se erano entrambi esausti. Non importava. Avrebbe scambiato il sonno per fare l'amore con Lilly in qualsiasi momento.

Mentre lui si appoggiava su di lei e spingeva il suo cazzo in profondità, gli occhi di Lilly si chiusero e un lungo gemito le salì sulle labbra.

«Dimmi di nuovo che mi ami», le chiese, e lentamente tirò indietro il suo cazzo, tranne la punta.

Lei sollevò le palpebre. «Ti amo, Jack».

Alle sue parole, si tuffò di nuovo nella sua figa stretta, più forte, questa volta.

«Dimmi che sei mia», disse, mentre si tirava di nuovo indietro.

Questa volta lei gli mise le mani sui fianchi. «Sono tua». Lo tirò giù su di sé, impalandosi sul suo cazzo. «E tu sei mio».

L'impatto lo privò del respiro, mentre un brivido gli percorse la spina dorsale fino alle palle.

«Cazzo!» Si lasciò sfuggire.

Non c'era modo di rallentare le cose, ora. Aveva bisogno di prenderla con forza, di seppellirsi fino alle palle dentro lei, sentendo i suoi muscoli contrarsi intorno a lui come se volesse imprigionarlo.

I loro corpi cominciarono a muoversi in sincronia l'uno con l'altro, il suo cazzo scendeva e si ritirava con un ritmo costante, accelerando il ritmo. Le catturò le labbra e la baciò con la stessa passione con cui si spingeva nel suo dolce corpo e sentì la sua eccitazione raggiungere un livello febbrile. Ogni volta che venivano insieme, poteva sentire la morbidezza con cui la pelle si strofinava contro la pelle lucida, il sudore che rendeva ogni contatto simile allo scivolare contro il velluto o la seta.

Ogni gemito, ogni sospiro che condividevano era un'ulteriore prova dell'amore che li univa. Jack sapeva che non ci sarebbe mai stata un'altra donna, per lui, non importava se fosse morto domani o tra cinquant'anni. Il suo cuore sarebbe sempre appartenuto a Lilly.

«Ti amo», lui mormorò.

Insieme, raggiunsero l'orgasmo. Jack sentì i muscoli interni di Lilly contrarsi intorno a lui, mentre sparava il suo seme dentro di lei. Quando i loro movimenti si fermarono, Jack la guardò negli occhi e vide il suo amore riflesso in essi.

«Vorrei poter ringraziare Thomas per averci fatto incontrare», disse Jack.

«Ha sempre saputo che eravamo fatti l'uno per l'altra», rispose Lilly.

«Sì, lo sapeva». E forse c'era un motivo. «Forse Thomas l'ha visto in una delle sue premonizioni...»

«Non lo sapremo mai», ha detto Lilly, «ma gli sarò sempre grata».

«Anch'io».

Informazioni sull'autrice

Tina Folsom è nata in Germania e vive in paesi anglofoni dal 1991. È un'autrice bestseller del *New York Times* e di *USA Today*. La sua serie bestseller, *Vampiri Scanguards*, ha venduto oltre 2 milioni di copie in tutto il mondo. Tina ha scritto oltre 50 libri, pubblicati in inglese, tedesco, francese, italiano e spagnolo. Tina scrive di vampiri (serie *Vampiri Scanguards* e *Vampiri di Venezia*), divinità greche (serie *Fuori dall'Olimpo*), immortali e demoni (serie *Guardiani Furtivi*), agenti della CIA (serie *Nome in Codice Stargate*), viaggiatori nel tempo (serie *Time Quest*) e scapoli (serie *Il Club di Scapoli*).

Tina è sempre stata un'amante dei viaggi. Ha vissuto a Monaco (Germania), Losanna (Svizzera), Londra (Inghilterra), New

York City, Los Angeles, San Francisco e Sacramento. Oggigiorno, ha fatto di una città balneare della California meridionale la sua casa permanente, assieme al marito e al loro cane.

Per saperne di più su Tina Folsom:
Visita il suo sito web: https://tinawritesromance.com/edizioni-italiane/
Iscriviti alla sua newsletter: https://tinawritesromance.com/newsletters/
Seguila su Instagram: https://www.instagram.com/authortinafolsom/
Iscriviti al suo canale YouTube: https://www.youtube.com/c/TinaFolsomAuthor
Seguila su Facebook: https://www.facebook.com/TinaFolsomFans/

www.ingramcontent.com/pod-product-compliance
Ingram Content Group UK Ltd.
Pitfield, Milton Keynes, MK11 3LW, UK
UKHW040738270125
454275UK00001B/117

9 798897 200108